Marco Banholzer
Tore, Milo & Lars -
Das Wunder vom Blauen Turm

Marco Banholzer

Tore, Milo & Lars -
Das Wunder vom Blauen Turm

www.tore-milo-lars.de

Bibliografische Information der Deutschen Nationalbibliothek:
Die Deutsche Nationalbibliothek verzeichnet diese Publikation in der Deutschen Nationalbibliografie; detaillierte bibliografische Daten sind im Internet über http://dnb.dnb.de abrufbar.

© *2015 Marco Banholzer*
1. Auflage 2015

Illustration: Jutta Schultz, Berlin

Herstellung und Verlag: BoD – Books on Demand, Norderstedt

ISBN: 978-3-734746499

Inhaltsverzeichnis

Schlechte Nachrichten.....................7

Beste Freunde 21

Aufregung in der Nacht 33

Die große Überraschung...............45

Im blauen Turm 62

Auf Spurensuche 75

Es wird ernst.................................86

Unverhofft kommt oft 103

Ende gut, alles gut 114

Schlechte Nachrichten

Die Nachricht, die Lars an diesem Tag von seinem besten Freund erhielt, ließ ihn innehalten. Immer wieder las er die Worte und konnte es nicht fassen, was Peter ihm geschrieben hatte. Es war ein Schock aus heiterem Himmel.

Peter war der beste Freund von Lars und seit sie auf das Gymnasium gingen, waren sie unzertrennlich geworden. Jede freie Minute verbrachten sie gemeinsam, jede der unendlich vielen Arbeiten bereiteten sie zusammen vor. Mal über einen Messenger auf dem Handy, ein andermal nutzten sie die Videokonferenz auf dem Computer, aber am allerliebsten trafen sie sich bei Lars auf Schloss Neuburg in Obrigheim, bei Peters Oma in Neckarelz oder bei Peter zuhause in Bad Wimpfen. Obwohl zwischen ihnen rund zwanzig Kilometer lagen, gingen sie auf das gleiche Gymnasium in Neckarelz. Peters Eltern waren viel beruflich unterwegs und so verbrachte Peter viel Zeit bei seiner Oma. So viel Zeit, dass der Schulwechsel nach Neckarelz sinnvoll erschien.

Lars schaukelte sein Handy gedankenverloren in seiner linken Hand und blickte immer wieder auf die Nachricht von Peter. Tränen in seinen Augen ließen das Bild verschwimmen.

In letzter Zeit fehlte Peter immer wieder in der Schule. Er fühlte sich schlapp und müde, manchmal musste er während der Stunde abgeholt werden. Zahlreiche Arztbesuche brachten kein Ergebnis. Und doch waren sich alle sicher, dass mit Peter etwas nicht stimmte. Lars machte sich schon länger Sorgen um seinen besten Freund.

In dem Moment, als Lars sich die Träne, die langsam an seiner Nase vorbeirollte, von der Wange wischte, kam seine Mutter zur Tür rein.

„Lars, Tante Gabi hat gerade angerufen", erklärte sie, „Tore und Milo… - ist alles in Ordnung?"

Lars reichte seiner Mutter das Handy und diese begann hastig zu lesen.

„Ach du meine Güte", erschrak sie und gab Lars das Handy zurück.

„Muss Peter jetzt sterben?", schluchzte Lars.

Frau Lehmann setzte sich zu ihrem Sohn und nahm ihn in den Arm.

„Nein, mein Junge", tröstete sie Lars, „Peter wird nicht sterben. Du wirst sehen, es wird alles gut."

„Aber diese Nachricht", schluckte Lars, „er schreibt, dass er eine schwere Krankheit hat."

„Das muss noch gar nichts heißen", meinte Frau Lehmann, „du solltest einmal mit ihm reden und dir genau erklären lassen, was Peter hat."

„Ich muss sofort zu ihm", erklärte Lars.

Traurig stand er auf, tippte eine kurze Nachricht in sein Handy und steckte es anschließend in die Hosentasche.

„Kannst du mich zu Peter fahren?", fragte Lars, „ich habe ihm geschrieben, dass ich sofort komme."

„Aber klar, mein Junge", nickte seine Mutter.

Lars wischte sich die letzten Tränen aus den Augen und schlüpfte in seine Turnschuhe.

„Du wirst sehen, es ist alles halb so wild", sagte Frau Lehmann und drückte ihren Sohn fest an sich.

„Hoffentlich", schnaufte Lars tief durch, „du hast vorhin etwas sagen wollen wegen Tore und Milo. Wann kommen sie denn? Ich denke, ich werde in den nächsten Tagen etwas Abwechslung brauchen können."

„Da wirst du leider enttäuscht sein", antwortete seine Mutter leise, „Tante Gabi hat sich ein Bein gebrochen und Tore und Milo müssen ihr jetzt viel abnehmen. Es wird leider nicht klappen, dass Tore und Milo in den Ferien kommen."

„Was?", schrie Lars, „das ist jetzt nicht dein Ernst."

„Leider doch", sagte Frau Lehmann, „aber du wirst jetzt auch viel Zeit für Peter brauchen. Glaube mir. Komm jetzt, wir fahren zu deinem Freund."

Wütend darüber, dass seine Cousins Tore und Milo die Ferien nicht bei ihm verbringen, verließ Lars das Zimmer.

Bereits kurze Zeit später saßen Lars und Tante Thea im Wagen. Nach rund zwanzig Minuten Fahrt am Neckar entlang erreichten sie Bad Wimpfen. Schon von weitem konnten sie den berühmten blauen Turm erkennen. Hoch ragte die schmale Spitze des Turmes in den Himmel. An jeder Ecke waren kleinere Türmchen und es sah fast so aus, als würden sie an der Außenmauer kleben. Zwischen den Türmchen waren Fenster zu sehen, in denen Gardinen hingen. Lars wusste, dass hier tatsächlich noch eine echte Türmerin wohnte. Über den Dächern von Bad Wimpfen hatte sie im blauen Turm ihre Wohnung, in der sie ganz alleine wohnte. Oft hatte sich Lars vorgestellt, wie es wohl sein muss, ganz alleine in einem solch tollen Turm zu leben. Peter wohnte nicht weit vom blauen Turm entfernt. Schon mehrmals waren sie gemeinsam ganz oben und konnten die weite Aussicht über das Neckartal genießen. Vielleicht sollte er mit Peter ganz nach oben gehen, um mit ihm in aller Ruhe reden zu können.

Inzwischen hatte Tante Thea ihr Ziel erreicht.

„Du passt mir schön auf", sagte sie zu Lars, „du wirst sehen, Peter wird es bald wieder besser gehen."

Nachdenklich stieg Lars aus. Noch einmal blickte er zu seiner Mutter und winkte ihr leicht zu. Tante Thea winkte zurück und fuhr langsam davon.

Peter erwartete Lars bereits und freute sich, als er seinen Freund endlich begrüßen konnte. Er sah sehr traurig aus.

„Magst du mir alles erzählen?", begrüßte Lars seinen besten Freund.

Peter nickte.

„Sind deine Eltern nicht zuhause?", wollte Lars wissen.

„Sie sind noch einmal zu meinem Arzt gefahren", erklärte Peter, „ein paar Unterlagen fehlen noch."

„Sollen wir in dein Zimmer gehen?", schlug Lars vor.

„Lieber nicht", wehrte Peter ab, „lass uns irgendwo hingehen. Egal wo. Hauptsache raus."

„Auf den blauen Turm?", schlug Lars vor und zeigte in Richtung des Bauwerkes, „schaffst du das?"

„Ich denke schon, dass ich das schaffe", nickte Peter nachdenklich, „zumindest kann ich es probieren."

Peter schlüpfte in seine Schuhe und zog eine Jacke über. Hinter sich schloss er die Haustüre zu und schob sich den Schlüssel in eine der Hosentaschen. Anschließend marschierten die beiden Jungen wortlos zum blauen Turm, der wirklich nur wenige Meter entfernt war. Die offene Tür und ein Schild zeigten, dass der Turm noch geöffnet war. Peter ging voran. Langsam erklomm er Stufe für Stufe. Lars folgte ihm. Immer wieder blieb Peter stehen und holte Luft. Lars schlug vor, einen anderen Ort zum Reden aufzusuchen, aber Peter winkte ab und lief weiter. Die Jungen erreichten die Wohnung der Türmerin. In ihre Wohnungstür war eine kleine Öffnung mit einem Fenster eingebaut. Hier mussten Besucher den Eintritt für den Turm entrichten.

„Hallo Frau Behnert", begrüßte Peter die nette Dame.

„Hallo ihr beiden", grüßte die Frau zurück, „ihr könnt einfach durchgehen. Viel Spaß oben."

Peter und Lars hatten Frau Behnert schon oft geholfen, damit sie die unzähligen Treppenstufen zu ihrer Wohnung nicht gehen musste. Seither hatten die beiden freien Eintritt – auf Lebenszeit – wie die Türmerin immer sagte.

Das letzte Stück fiel Peter richtig schwer. Lars musste seinen Freund immer wieder stützen. Die schwere Tür nach draußen öffnete Lars alleine. Die frische Luft tat Peter gut. Von hier oben konnten sie weit über die Dächer von Bad Wimpfen blicken. Peter lief links herum bis zum ersten der vier Türmchen. Dort setzte er sich auf ein Mauerstück. Lars stellte sich vor ihn und blickte ihn erwartungsvoll an.

„Alles klar?", fragte er misstrauisch.

„Geht schon", lächelte Peter gequält.

„Magst du erzählen?", wollte Lars wissen.

„Gerne", nickte Peter, „du weißt ja, dass ich immer wieder diese Schwächeanfälle habe. In letzter Zeit ist das immer schlimmer geworden. Meine Eltern sind mit mir zum Arzt gegangen. Er hat mich zwar untersucht, aber er hat nichts finden können, was wirklich die Ursache sein könnte. Alles Mögliche könnte das sein, hat er gemeint. Er hat uns geraten, weitere Untersuchungen zu machen und einen Spezialisten hinzuzuziehen. Also sind wir zu einem anderen Arzt. Es ist alles nicht wirklich einfach gewesen. Kannst du dir vorstellen, was ich durchgemacht habe in den letzten Tagen? Es ist die Hölle gewesen. Ich habe kaum eine Nacht geschlafen. Meine Eltern haben mich immer beruhigt und gemeint, dass alles wieder gut werden würde. Wir haben trotzdem alle viel geweint. Mir geht es in den letzten Tagen mal besser, mal schlechter. Tja, und heute Morgen ist dann doch das Ergebnis gekommen?"

„Und was ist das gewesen?", fragte Lars neugierig.

„Das kann ich dir gar nicht wirklich sagen", erklärte Peter, „ich habe es nicht richtig verstanden, also wie die Krankheit genau heißt, aber ich weiß genau, was…"

In diesem Moment begann Peter zu weinen. Lars versuchte ihn sofort zu trösten.

„Was weißt du genau?", fragte Lars nach.

„…was passiert, wenn ich diese Operation nicht bekomme", schluchzte Peter.

„Operation?", wunderte sich Lars, „was für eine Operation?"

„Der Arzt hat gemeint, dass mir nur ein ganz bestimmter Eingriff helfen kann", sagte Peter leise, „ich habe eine sehr seltene Krankheit und mit dieser Operation habe ich sogar ganz gute Chancen wieder ganz gesund zu werden. Aber ohne diese Operation…"

„Ja?", wollte Lars schnell wissen und ahnte bereits, was Peter sagen würde.

„Ohne diese Operation werde ich einen sehr schweren Kampf haben", wusste Peter, „und ob ich den gewinne, weiß niemand."

Lars war geschockt. Kurze Zeit fehlten ihm die Worte. An Peters Gesicht konnte er erkennen, was das zu bedeuten hatte.

„Aber dann mach doch diese blöde Operation", forderte Lars fast wütend, „was hindert dich daran?"

„Das ist sehr, sehr teuer und kann nur in Amerika durchgeführt werden. Aber so viel Geld haben meine Eltern nicht", antwortete Peter leise.

„Wieso gibt es hier in Deutschland nicht eine Möglichkeit?", wollte Lars wissen, dem inzwischen auch Tränen in den Augen standen.

„Nur in Amerika gibt es Spezialisten, die sich mit dieser blöden Krankheit auskennen", schluchzte Peter.

Lars blieb für kurze Zeit die Sprache weg. In ihm herrschte ein schweres Gewitter an Gefühlen. Wenn es irgendwie möglich wäre, würde er seinem besten Freund auf der Stelle helfen. Aber dies schien in diesem Moment unmöglich und das machte Lars fast wahnsinnig.

„Aber wir können doch Spenden sammeln", platzte es aus Lars heraus, „für alles Mögliche werden Spenden gesammelt. Wir kriegen das Geld zusammen. Ich frage meine Eltern, von mir aus gehe ich von Haustür zu Haustür. Das ist mir völlig egal. Peter, ich werde dir helfen."

Mit den Tränen in den Augen sah Peters Lächeln sehr gequält aus.

„Wir werden einen Weg finden", versicherte Lars, „ich lasse dich nicht im Stich. Du wirst diese Operation bekommen. Das verspreche ich dir. Ich werde alles tun, um dir zu helfen."

„Du bist echt ein richtiger Freund", lächelte Peter, „und ich verspreche dir, dass ich kämpfen werde. Ich darf mich jetzt nicht aufgeben, sagen meine Eltern. Niemals aufgeben, sagen sie."

„Du wirst nicht aufgeben, Peter", sagte Lars ernst.

„Lars?", schluchzte Peter und sah seinen Freund verbittert an, „ich habe solche Angst."

Lars legte seinem Freund die Hand auf dessen Schulter. In seinem Hals bildete sich ein riesiger Kloß, der Lars am Sprechen hinderte.

„Ich will nicht sterben", weinte Peter verzweifelt.

„Das wirst du nicht", versicherte Lars stotternd, „du wirst sehen, du schaffst das schon. Wir schaffen das."

Lars konnte Peter nicht wirklich trösten. Im Moment war er mit der Situation selbst überfordert. Peter stand auf und lief langsam zurück zu der Türe, die in den Turm führte. Lars folgte ihm. Wortlos kletterten die beiden Jungen bis zu der Türmerin hinunter. Diese erwartete sie an ihrer Wohnungstür mit dem kleinen Thekenfenster.

„Alles klar bei euch beiden?", fragte sie misstrauisch, „kann ich euch irgendwie helfen?"

„Nein, nein", versuchte Lars so normal wie nur irgendwie möglich zu antworten, „alles in Ordnung. Peter geht es nicht gut. Er will nach Hause."

„Kann ich wirklich nichts für euch tun?", fragte Frau Behnert noch einmal.

„Nein, wirklich nicht", versicherte Lars, „vielen Dank."

Peter war inzwischen ein paar Meter weiter nach unten gestiegen. Lars sah ihm an, dass es ihm tatsächlich nicht sonderlich gut ging. Vorsichtig nahm Peter Stufe für Stufe und stütze sich an der Wand des Turmes ab.

„Soll ich dir helfen?", fragte Lars und packte Peter vorsichtig am Arm.

„Geht schon, danke", antwortete Peter.

Stufe für Stufe stiegen die beiden Jungen nach unten. Peter schien es schlechter zu gehen. Seine Schritte wurden immer langsamer. Ohne viele Worte stützte Lars seinen Freund ein wenig ab. Bis zum Ausgang waren noch einige Stufen zu bewältigen. Lars bereute in diesem Moment, dass er mit Peter auf den Turm gestiegen war. Aber Peter war sich sicher gewesen, dass er es schaffen würde. Lars hatte ihn extra gefragt. Jetzt wurde ihm dennoch klar, dass es keine gute Idee gewesen war. Auf jeder Zwischenebene machte Peter eine kurze Pause. Er setzte sich auf einen Stuhl, der in einer der Ecken stand. Lars kümmerte sich fürsorglich um seinen Freund.

„Wir haben noch nicht einmal etwas zu trinken dabei", fiel Lars ein, „soll ich bei der Türmerin etwas Wasser holen?"

„Nein", schüttelte Peter den Kopf, „ich muss nur ein wenig ausruhen. Das geht gleich wieder."

„Ist wohl keine gute Idee gewesen, auf den Turm zu steigen", ergänzte Lars.

„Vorhin ist es mir noch gut gegangen", wusste Peter, „das ist bestimmt die Aufregung gewesen. Wir sind ja gleich unten."

Ein paar Augenblicke später rappelte sich Peter wieder auf und die beiden Jungen bewältigten die nächsten Stufen bis zu der folgenden Zwischenebene. Auch dort stand ein Stuhl, auf dem sich Peter kurz ausruhte. Lars ließ Peter keine Sekunde aus den Augen. Doch plötzlich machte ihn ein Geräusch misstrauisch.

„Was ist das?", wollte Lars wissen, „hörst du das? Irgendwo klopft es."

„Keine Ahnung", antwortete Peter kurz.

„Schaffst du es für einen Augenblick alleine? Dann schaue ich geschwind nach", fragte Lars.

Peter nickte nur. Lars klopfte ihm zweimal vertrauensvoll auf die Schulter und schlich sich dann zu der nächsten Treppe. Vorsichtig lugte er um die Ecke und erkannte einen jungen Mann, der mit einem kleinen Hämmerchen die Wände abzuklopfen schien. Was in aller Welt machte der Kerl da? Lars hatte keine Ahnung. Immerhin hatte der Typ Lars nicht bemerkt. Trotzdem blieb der Junge in Deckung. Der Mann klopfte jeden einzelnen Mauerstein mit seinem Hämmerchen ab und lauschte. Lars verließ seinen Platz und huschte zu Peter.

„Da ist ein komischer Typ, der klopft die Wände ab", flüsterte Lars seinem Freund zu, „ich habe keine Ahnung, was der da treibt. Kann ich dich noch einmal kurz alleine lassen? Dann sehe ich mir das genauer an."

Peter nickte nur, sagte aber kein Wort.

Lars verließ seinen Freund und schlich zur Treppe. Der Mann war inzwischen woanders am Werk. Behutsam schlich Lars Stufe für Stufe nach unten. Kurz vor dem Ausgang fand er den Mann wieder. Er schien nach irgendetwas zu suchen. Lars traute sich näher an den Kerl heran. Da passierte es. Eine Stufe zu nah hatte sich Lars an den Typen getraut. Plötzlich drehte sich der Kerl um, um wieder ein paar Stufen nach oben zu gehen. Da entdeckte er Lars und ehe dieser reagieren konnte, drehte sich der junge Mann wieder um und rannte davon. Sofort nahm Lars die Verfolgung auf, doch bereits nach dem Ausgang war der Typ wie vom Erdboden verschluckt. Lars fluchte leise und rannte dann zurück zu seinem Freund.

Peter saß noch immer auf dem Stuhl und war inzwischen ziemlich blass.

„Geht's?", fragte Lars fürsorglich.

„Wenn du mich gleich nach Hause bringst, ja", antwortete Peter leise.

„Ich möchte nur eben schauen, nach was dieser Typ gesucht hat", drängelte Lars, „gib mir eine Minute."

Sofort sprang Lars auf und untersuchte ebenfalls die Mauern. Jeder einzelne Stein aber schien fest mit den übrigen Steinen verbunden zu sein. Falls der Kerl einen Hohlraum oder so etwas gesucht haben sollte, dachte Lars, würde er hier nicht fündig werden. Peter signalisierte Lars, dass er gerne nach Hause wolle. Doch die Abenteuerlust in Lars war geweckt und in Windeseile wollte er herausfinden, was der Kerl gesucht hatte. Da er sofort die Flucht angetreten hatte, kombinierte Lars, musste es etwas besonders Wertvolles gewesen sein.

„Lars, bringst du mich bitte heim?", flehte Peter.

„Nur noch eine Sekunde", forderte Lars.

Auf dem Weg zu seinem Freund schaute Lars noch einmal die Wände an. Auf den ersten Blick konnte er nichts erkennen, was irgendwie interessant sein könnte.

„Lars, bitte!", sagte Peter und man merkte, dass ihm das Sprechen schwerfiel.

„Ich komme", versicherte Lars.

Lars hatte seinen Freund fast erreicht, als ihm am Boden etwas auffiel. Eine der Kacheln schien locker zu sein. Sofort ging Lars in die Knie und klopfte auf den Stein. Tatsächlich klang die Kachel hohl. Hastig zog er sein Taschenmesser aus der Hosentasche und kratze die Fugen zwischen den einzelnen Kacheln frei. Es dauerte nicht lange, bis Lars den Stein mit dem Messer anheben konnte. Peter war inzwischen kreidebleich und wollte dringend nach Hause. Doch Lars war zu sehr mit dem Hohlraum beschäftigt, den er nach dem Entfernen der Kachel freigelegt hatte. Was er darin fand, verschlug ihm für einen kurzen Moment die Sprache. Ein blauer unscheinbarer Stein und eine offensichtlich uralte Schriftrolle waren in dem Hohlraum versteckt. Lars konnte es nicht glauben, dass er in diesem Moment ein kleines Geheimfach entdeckt hatte. Er angelte den Stein und die Schriftrolle aus dem Versteck und legte die Kachel wieder sorgfältig auf das Loch. Anschließend drehte er sich zu Peter um und erschrak ein weiteres Mal. Peter saß zusammengesunken auf dem Stuhl. Eilig stand Lars auf, ließ den Stein in die linke Hosentasche rutschen, die Schriftrolle steckte er in die hintere Tasche. Dann eilte er seinem Freund zu Hilfe.

„Peter, was ist los?", schrie er seinen Freund an.

Doch dieser antwortete nicht.

Beste Freunde

„Es tut mir so leid", entschuldigte sich Lars, „ich hätte Peter schneller nach Hause bringen müssen. Wir hätten gar nicht erst auf den blauen Turm hochgehen sollen."

Lars ließ sich auf das Sofa fallen und schlug die Hände vor sein Gesicht.

„Mache dir keine Gedanken, Lars", tröstete Peters Mutter und setzte sich neben ihn, „du brauchst dir wirklich keine Vorwürfe machen. Diese Schwächeanfälle kommen ganz plötzlich und völlig unerwartet. Eben geht es Peter noch richtig gut und nur wenige Sekunden später kann er sich kaum noch auf den Beinen halten."

„Peter schläft tief und fest", erklärte Peters Vater, der eben zur Tür hereinkam, „wir können im Moment nichts für ihn tun. Der Schlaf wird ihm guttun."

Lars merkte, wie unruhig er innerlich war. Er wollte irgendetwas für seinen Freund tun, aber es gab nichts, was er für ihn tun könnte. Diese furchtbare Hilflosigkeit machte ihn beinahe wahnsinnig.

„Peter hat mir alles erzählt", schluchzte Lars, „gibt es denn wirklich nur diese eine Möglichkeit mit der Operation in Amerika? Was ist das für eine bescheuerte Krankheit?"

Peters Mutter versuchte Lars zu trösten. Auch Peters Vater setzte sich zu Lars auf das Sofa.

Wieder füllten sich die Augen von Lars mit Tränen.

„Diese Krankheit, die Peter hat", begann Peters Vater zu erklären, „ist sehr selten und die Ärzte hier in Deutschland haben offenbar zu wenig Erfahrung und nicht die nötigen Werkzeuge."

„Aber das sind doch hier auch tolle Ärzte", schluchzte Lars weiter, „es muss doch eine Möglichkeit geben."

„In Deutschland leider wirklich nicht", schüttelte Peters Mutter den Kopf, „so sehr wir uns das auch selbst wünschen würden, aber das Risiko für diese Operation in Deutschland ist einfach zu hoch."

„Aber was hat Peter denn so Schlimmes, dass ihm hier niemand helfen kann?", fragte Lars verzweifelt.

„Wir können es dir so erklären", sagte Peters Mutter leise, „in Peters Kopf ist etwas, das dort nicht hingehört. Das löst immer wieder diese Schwächeanfälle bei ihm aus. Manchmal verliert Peter sogar die Kontrolle über seinen Körper. Die Signale aus dem Gehirn kommen dann einfach nicht mehr dorthin, wo sie hinkommen müssten. Meist kündigt sich das gar nicht an und kommt ganz plötzlich. Es ist für Peter sehr schwierig. Und für uns natürlich auch. Wir stehen daneben und können ihm nicht helfen, außer ihn zu stützen, dass er nicht unglücklich fällt."

„Und was bedeutet das jetzt? Warum muss Peter deswegen nach Amerika?", wollte Lars wissen.

„Vielleicht hilft dir ein Beispiel", meinte Peters Vater leise, „du hast eine einfache Schraube mit einem Kreuzschlitz und hast aber keinen Schraubenzieher für Kreuzschlitz, sondern nur einen einfachen normalen Schraubendreher. Stell dir vor, die Schraube sitzt sehr fest und du willst sie mit dem ganz normalen Schraubendreher herausdrehen. Das *kann* funktionieren, es besteht aber die Gefahr, dass du die Schraube kaputt machst und sie dann gar nicht mehr entfernen kannst. So ähnlich kannst du dir das auch bei Peter vorstellen. Die Ärzte in Amerika haben einen Kreuzschlitz-Schraubendreher und unsere Ärzte hier in Deutschland leider nur einen normalen Schraubendreher. Das, was da in Peters Kopf ist, kannst du mit der Schraube vergleichen. Mit dem falschen Werkzeug an das Problem zu gehen, ist sehr gefährlich. Verstehst du nun, dass eine Operation in Deutschland, sozusagen mit dem falschen Werkzeug, viel zu riskant wäre? Natürlich besteht die Chance, dass unsere Ärzte Peter wirklich richtig helfen können. Es ist ja grundsätzlich nicht unmöglich, diese Operation hierzulande durchzuführen, sogar erfolgreich. Aber leider besteht auch die Möglichkeit, dass die Operation nicht klappt. Und in Peters Situation wollen die Ärzte jedes Risiko ausschließen."

Lars nickte zustimmend. Langsam fing er an, das alles zu begreifen.

„Das Risiko ist einfach zu groß", ergänzte Peters Mutter.

„Es muss doch aber einen Weg geben, dass Peter die richtige Operation trotzdem bekommt", flehte Lars, „auch wenn das in Amerika sein muss."

„Das ist nicht ganz so einfach", erklärte Peters Mutter, „alleine der Flug sprengt schon alle finanziellen Möglichkeiten und die Operation kostet ebenfalls Unmengen Geld, das können wir leider nicht bezahlen. So gerne wir es für Peter tun würden. Glaub mir, wir würden alles dafür geben, wenn wir Peter diesen Eingriff ermöglichen könnten."

„Aber was heißt das jetzt? Was können wir für Peter tun?", wollte Lars wissen.

„Eigentlich können wir nur beten", sagte Peters Mutter traurig.

Damit wollte sich Lars jedoch nicht zufrieden geben. Er musste sich etwas einfallen lassen. So einfach würde er seinen Freund nicht aufgeben. Und wenn es nur einen einzigen Weg geben würde, um Peter zu helfen, Lars würde ihn finden. Das schwor sich Lars in dem Moment, als er traurig das Haus seines Freundes verließ. Zum Abschied versicherte er Peters Eltern, alles in seiner Macht stehende zu tun, um Peter zu helfen. Für den Rückweg nach Obrigheim wählte Lars den Bus. Die Gedanken um Peter ließen ihn nicht mehr los. In Haßmersheim beschloss Lars einen Zwischenstopp einzulegen. Er wollte für einen Moment alleine sein, ungestört und einfach nur für sich. In Gedanken versunken lief er ein Stück zu Fuß und erreichte bald das Neckarufer. Auf einem großen Stein direkt am Fluss nahm er Platz und beobachtete das Wasser. Lars erinnerte sich an die Zeit, in der er Peter kennen gelernt hatte. Erst wenige Wochen war Lars überhaupt an der Schule und Peter war sofort für ihn da. Von Anfang an waren die beiden Jungen befreundet. Ausgerechnet in dieser Zeit wurden an der Schule zahlreiche Geldbörsen geplündert. Ein Täter wurde jedoch nie gefasst. Nachdem Lars neu an der Schule war, hatten ihn alle ganz automatisch in Verdacht. Doch Lars hatte damit nichts zu tun. Peter hatte sich damals für Lars eingesetzt und dafür gesorgt, dass seine Unschuld bewiesen und der wahre Täter gefasst werden konnte. Das hatte Lars Peter nie vergessen. Die Erinnerung an diese Zeit ließ Lars in diesem Moment schwer schlucken. Lars erinnerte sich auch an die Geburtstagsfeier von Peter, auf die er kurz nach diesem Vorfall eingeladen worden war. Es war auch das erste Mal, dass Lars in seiner neuen Heimat bei einem Freund hatte schlafen dürfen. Die ganze Nacht hatten sich die beiden über die Freundschaft unterhalten, über Mädchen und sogar darüber, wer schon einmal ein Mädchen geküsst hatte. Als Lars am anderen Tag abgeholt werden sollte, hatten die beiden Jungen noch tief und fest geschlafen. Die Eltern hatten sich gewundert, da die Party eigentlich schon recht früh zu Ende war und die beiden Jungen trotz allem früh zu Bett gegangen waren. Von dem langen und intensiven Gespräch zwischen den Freunden hatten die Eltern niemals etwas erfahren. Ab diesem Zeitpunkt war die Freundschaft zwischen Lars und Peter so fest wie der berühmte Fels in der Brandung. Das war zwar nicht lange her, aber Peter und Lars hatten das Gefühl, dass sie schon ewig befreundet waren. Die Erinnerung an viele tolle Momente mit seinem Freund trieb Lars wieder Tränen in die Augen. Er blickte vom Wasser auf und schaute nach oben. Auf dem Hügel gegenüber erkannte er Burg Hornberg. Tore und Milo, ging ihm durch den Kopf, was die beiden wohl gerade machten? Ausgerechnet jetzt, da Lars sie so dringend brauchen konnte, waren sie nicht da. Wieso musste sich Tante Gabi ausgerechnet jetzt das Bein brechen? Manchmal läuft einfach alles daneben, fluchte Lars in Gedanken. Zusammen mit seinen Cousins hatte Lars bereits so viele Abenteuer bestanden und Lars war sich sicher, dass ihnen zu dritt ganz schnell eine Idee gekommen wäre, wie sie Peter und seiner Familie helfen könnten. Tore und Milo würden sofort ihre Unterstützung zusagen, das war für Lars absolut sicher. Im gleichen Moment vibrierte das Handy in seiner Hosentasche. Aus den Gedanken gerissen, zuckte Lars zusammen und erschrak kurz. Zögerlich zog Lars das Telefon aus seiner linken hinteren Hosentasche. Dabei fiel auch das Papier aus der Tasche, das er in diesem seltsamen Hohlraum im blauen Turm gefischt hatte. Doch das bemerkte Lars nicht.

Lars wischte die Bildschirmsperre zur Seite und erkannte an einem Symbol auf dem Display, dass er eine Nachricht erhalten hatte. Wie sehr wünschte er sich, dass es eine gute Nachricht von Peter sein würde. Hastig öffnete er seinen Messenger. Die Nachricht war jedoch nicht von Peter, es war eine Nachricht seines Cousins Tore. Lars tippte die Mitteilung an, damit er sie komplett lesen konnte.

»Wie geht es dir? Wir können leider in diesen Ferien nicht kommen, das hast du sicher schon mitbekommen. Mama hat sich das Bein gebrochen. Eine blöde Geschichte. Da können wir schlecht von hier weg. Wir müssen ihr bei allem helfen. Milo geht einkaufen, ich helfe beim Kochen. Zusammen kümmern wir uns um den Haushalt. Keine leichte Aufgabe, das kann ich dir sagen. Ich hoffe, dass wenigstens du schönere Ferien hast. Melde dich mal. LG Tore.«

Das war tatsächlich keine neue Nachricht, ging Lars durch den Kopf. Das mit den schöneren Ferien? Naja, dachte Lars, wenn das schönere Ferien sein sollen, na dann vielen Dank.

»Ich wünschte, ihr wärt hier«, schrieb Lars kurz zurück.

Ein blauer Doppelpfeil zeigte Lars, dass Tore die Nachricht nicht nur erhalten, sondern sofort gelesen hatte. Dann erschien am oberen Bildschirmrand eine Meldung, dass Tore gerade am Schreiben war. Kurz darauf erschien eine weitere Meldung auf dem Display.

»Mehr kannst du nicht schreiben? Ist alles in Ordnung?«. Dahinter zwinkerte ein gelber Smiley.

Lars wippte das Handy leicht in seiner Hand und überlegte, ob er überhaupt antworten sollte. Alles in Ordnung? Schön wäre es, dachte er.

»Nein«, tippte er schnell und schickte die Nachricht ab.

Noch ehe auf dem Display unter Tores Name erkennbar war, dass Tore die Nachricht las, schaltete Lars sein Handy kurzerhand aus. Irgendwie war ihm gerade nicht danach, seine Sorgen über den Messenger zu schreiben. Seine Gedanken landeten wieder bei Peter. Lars betrachtete sein Handy und überlegte, es doch wieder einzuschalten. Was, wenn Peter ihm etwas schreiben würde? Peter. Wie es ihm wohl gerade ging? War er wieder wach? Fühlte er sich wohler? Die Gedanken an Peter ließen Lars wieder traurig werden. Erneut füllten sich seine Augen mit Tränen. Wütend darüber, Peter nicht helfen zu können, schob Lars sein Handy in seine Hosentasche zurück. Eine Weile blieb er am Neckarufer sitzen und stützte die Arme auf seine Knie. Der Wind blies ihm sanft um die Ohren. Es musste eine Möglichkeit geben, um Peter zu helfen. Fieberhaft überlegte Lars, wie er seinen besten Freund unterstützen könnte. Plötzlich wirbelte ein Windstoß das Papier auf, das Lars zuvor versehentlich aus seiner Hosentasche gezogen hatte. Lars nahm den Zettel zwar wahr, merkte aber zunächst nicht, dass es das Schriftstück aus seiner Hosentasche war. Er beobachtete, wie es vom Wind immer weiter in Richtung Neckar getrieben wurde. Ein weiteres Mal erschrak der Junge. Die Schriftrolle, fiel Lars ein und griff schnell danach, ehe es der Wind endgültig ins Wasser blasen konnte. Das Schriftstück war zusammengefaltet und nicht größer als eine Postkarte. Das Papier war schon ziemlich vergilbt und dünn. Lars faltete es vorsichtig auseinander. Am Ende hielt er ein Blatt in der Hand, das auf den ersten Blick wie ein Plan aussah. Neugierig studierte Lars das Schriftstück. Sah dieser Umriss nicht aus wie der blaue Turm? Doch, überlegte Lars, die kleinen Türmchen des Bauwerkes waren deutlich zu erkennen. Aber was war das am Rand? Diese Strichzeichnungen sahen aus wie die Umrisse verschiedener Länder. Sie waren durch einen dünnen Strich direkt mit dem Turm verbunden. Was hatte das zu bedeuten? Lars hatte keine Ahnung. Was sollten das für Länder sein, wenn es überhaupt Länder waren? Deutschland konnte es nicht gewesen sein, überlegte Lars. Der Umriss von Deutschland müsste deutlich anders aussehen. Lars konnte sich an kein einziges Land erinnern, dessen Umrisse die Zeichnungen auf dem Papier sein könnten. Direkt unter den Umrissen stand ein kleiner Text in einer Schrift, die Lars weder kannte noch entziffern konnte. So sehr er sich auch bemühte, es gelang ihm nicht, auch nur ein einziges Wort zu lesen. Die Sache wurde immer spannender. Über diesem

Papier vergaß Lars für kurze Zeit seinen Freund Peter. Was um alles in der Welt hatte er da gefunden? Eine Schatzkarte? Daran glaubte Lars nicht. Die Umrisse machten einfach keinen Sinn. Unter der Zeichnung, die den blauen Turm darstellte, konnte Lars ein Wort erkennen, das in Druckbuchstaben geschrieben war. Das Wort war etwas größer geschrieben und nicht in der gleichen Schrift wie der übrige Text. Es war nicht einfach dieses Wort zu lesen, aber mit viel Mühe konnte Lars das Wort »Divitiae« entziffern. Dieses Wort hatte Lars zumindest schon einmal gesehen. Aber wo? Eines war sicher, das war Latein. Zwar hatte Lars diese Fremdsprache noch nicht lange in der Schule, aber dieses Wort – und da war er sich absolut sicher – dieses Wort hatte er im Unterricht schon einmal gelernt. Dummerweise konnte er sich in diesem Augenblick nicht an die Bedeutung des Wortes erinnern. Krampfhaft überlegte er, schaute dabei in Richtung Burg Hornberg und faltete nebenbei das Pergament wieder zusammen. »Divitiae«, überlegte er. In welchem Zusammenhang haben wir dieses blöde Wort gelernt? Lars grübelte und grübelte, in Gedanken ging er die letzten Lateinstunden vor den Ferien durch. Dabei sprach er sich das Wort immer wieder leise vor. Hätte er nur einen Zusammenhang, dann wäre es ihm sicher leichter gefallen, den Sinn des Wortes irgendwie herzuleiten. Aber das Wort stand ganz alleine auf dem Zettel, ohne Bezug auf den übrigen Text. Zumindest hatte es nicht so ausgesehen, als wenn dieses Wort die Überschrift zu dem übrigen Text darstellte. Lars war inzwischen aufgestanden und lief unruhig hin und her. In seiner Hand hielt er das Papier krampfhaft fest. Immer wieder sah er den Zettel an und klopfte ihn nachdenklich gegen seine andere Hand. Plötzlich kam ihm eine Idee, was das Wort bedeuten könnte. Hastig faltete er das Blatt auseinander und las noch einmal das Wort, um ganz sicher zu gehen.

„Das ist es!", rief er laut, „natürlich. Wieso bin ich da nicht gleich draufgekommen? Divitiae, das heißt Reichtum. Aber was hat das zu bedeuten?"

Lars blieb stehen und sah sich den Plan noch einmal genauer an. Ein weiteres Mal versuchte er, die Schrift unter den Umrissen zu entziffern. Aber diese Buchstaben konnte er beim besten Willen nicht lesen. Wenn das tatsächlich die Umrisse verschiedener Länder sein sollten, musste er zuerst herausfinden, welche Länder damit gemeint waren. Aber diese Verbindungsstriche zu den einzelnen Stellen am blauen Turm. All das war Lars noch ein Rätsel. Er musste schleunigst nach Hause an seinen Computer. Hastig lief er zur nächsten Bushaltestelle zurück. Der nächste Bus kam bereits in wenigen Minuten. Durch seinen Körper breitete sich ein seltsames Kribbeln aus. Mit einem Mal wurde ihm richtig warm. Zwar glaubte Lars nicht wirklich an eine Schatzkarte, aber wenn das Wort »Reichtum« in großen Buchstaben unter der Gesamtzeichnung prangte, dann stand das Wort sicherlich nicht einfach zum Spaß da. Und wenn das wirklich ein Plan war, der Lars zu irgendeinem Reichtum führen könnte, dann wüsste er, wie er den möglichen Schatz sehr gut anlegen könnte.

Aufregung in der Nacht

Es dauerte nur wenige Augenblicke, bis der Laptop hochgefahren und das Internet bereit war. Lars faltete sein Fundstück auseinander und strich es auf dem Schreibtisch glatt. Noch einmal betrachtete Lars die Umrisse auf dem Papier und überlegte, wie er bei seiner Suche am geschicktesten vorgehen könnte. Mithilfe der Bildersuche der Suchmaschine ließ er sich die Umrisse verschiedener Länder anzeigen. Zunächst konzentrierte sich Lars auf die Länder Europas. Doch nirgendwo konnte er auch nur eine entfernte Ähnlichkeit erkennen. Der schnelle Erfolg blieb leider aus, doch Lars wollte nicht aufgeben. Nacheinander untersuchte er Kontinent für Kontinent auf der Weltkarte. Kam ihm der Verdacht, ein mögliches Land gefunden zu haben, untersuchte er den Umriss dieses Landes genauer. Auch in Amerika, Australien und Afrika gab es kein einziges Land, dessen Umriss einem der auf dem Schriftstück aufgezeichneten Umrisse ähnelte.

„Das gibt es doch gar nicht", sagte Lars leise vor sich hin.

Seine Suche führte ihn zuletzt nach Asien. Die letzte Möglichkeit, fündig zu werden. Die Aufregung in Lars stieg. Wenn er auch auf diesem Kontinent kein passendes Land finden würde, dann blieb ihm nichts anderes übrig, als die Idee mit den Länderumrissen zu verwerfen. Doch was sollten diese Umrisse sonst darstellen? Soweit wollte Lars in diesem Moment nicht denken. Er durfte sich nicht irren. Bisher hatte er sich bei solchen Dingen niemals geirrt. Meist führte ihn sein erster Gedanke auch zum Ziel. Warum sollte es jetzt anders sein. Ein paar wenige Tasten waren nötig, um die Länderumrisse in Asien auf dem Bildschirm des Laptops zu sehen. Ganz genau betrachtete Lars jedes einzelne Land und verglich dessen Umriss mit den Zeichnungen auf dem gefundenen Papier. Sorgfältig setzte er seine Suche fort, doch die ersten Länder führten wieder in eine Sackgasse. Nur noch wenige Länder waren übrig und Lars wollte fast schon die Hoffnung aufgeben. Da stieß er auf Sri Lanka und zuckte zusammen. Durch seinen Körper ging ein Kribbeln, sein Kopf wurde richtig warm. Der Länderumriss von Sri Lanka ähnelte sehr verdächtig der Zeichnung auf dem Papier. Lars erschrak. Er untersuchte die beiden Umrisse ganz genau und war sich danach absolut sicher. Auf dem Schriftstück, das er im blauen Turm gefunden hatte, war der Länderumriss von Sri Lanka zu sehen. Aber was hatte das zu bedeuten? Noch konnte Lars diese Frage nicht beantworten.

  Hastig suchte er weiter. Er spürte, dass er auf dem richtigen Weg war. Sein Gefühl ließ ihn nicht im Stich und nur wenige Mausklicks später konnte er den zweiten Umriss einem weiteren Land zuordnen: Kambodscha. Das Fragezeichen in seinen Gedanken wuchs. Lars konnte keinen Zusammenhang erkennen. Was hatte Sri Lanka mit Kambodscha gemeinsam und vor allem, was hatte der blaue Turm in Bad Wimpfen, also in Deutschland damit zu tun? Lars war sich nun sicher, dass er das dritte Land ebenfalls in Asien finden würde. Volltreffer! Der Umriss des dritten Landes gehörte zu Thailand, ausgerechnet einem Nachbarland von Kambodscha. Sicherheitshalber überprüfte Lars noch einmal sein Ergebnis, aber es bestand kein Zweifel. Die Zeichnungen auf dem Papier waren die Länderumrisse von Thailand, Kambodscha und Sri Lanka. Auf der Weltkarte im Laptop waren die Namen der Länder in der ländertypischen Schrift geschrieben. Lars bekam Herzklopfen. Vielleicht waren dies die gleichen Schriftzeichen, die auf dem Papier zu finden waren. Zeichen für Zeichen verglich Lars, doch er konnte absolut keine Ähnlichkeit erkennen. Zumindest in diesem Fall lag Lars mit seiner Vermutung völlig daneben. Trotzdem blieb dieses Rätsel spannend. Lars beugte sich über das Fundstück und stützte seinen Kopf in beide Hände.

„Also", murmelte er, „ich fasse noch mal zusammen: Wir haben hier in der Mitte den blauen Turm. Um ihn herum haben wir die Länderumrisse von Thailand, Sri Lanka und Kambodscha. Interessant. Von allen drei Ländern führt jeweils eine gerade Linie direkt in den blauen Turm. Und hier unten steht auf Latein das Wort »Reichtum«. Dummerweise kann ich diesen Text hier unten überhaupt nicht lesen. Er ist aber definitiv nicht in der Landessprache einer dieser drei Länder geschrieben. Aber was hat diese Beziehung zwischen den Ländern und dem blauen Turm zu bedeuten? Das muss ich herausfinden."

Lars widmete sich wieder seinem Computer und versuchte herauszufinden, ob es irgendetwas gab, was diese drei Länder verbinden könnte. So sehr er jedoch suchte, er konnte nichts finden, was ihm weiterhelfen könnte. Er brach die Suche ab. Das zweite offene Rätsel war der Text in dieser für ihn unlesbaren Schrift. Auch hier löcherte er das Internet, um irgendetwas Brauchbares zu finden. Aber auch diese Suche brachte kein wirklich sinnvolles Ergebnis. Die Freude über den Erfolg mit den Länderumrissen verblasste nun sehr schnell. Genau genommen war Lars nun genauso schlau wie zuvor. Aber es musste eine Lösung geben. Lars lehnte sich zurück und betrachtete erneut das Schriftstück.

In diesem Moment kam seine Mutter zur Tür herein und erzählte ihm, dass Peters Mutter eben angerufen hatte. Sofort spritzte Lars aus seinem Stuhl.

„Was ist mit Peter?", fragte er schnell, „geht es ihm gut?"

„Er ist vor wenigen Minuten aufgewacht", nickte Frau Lehmann, „Peters Mutter sagt, dass es ihm den Umständen entsprechend gutgehe."

Lars atmete tief durch.

„Aber er hat einen großen Wunsch", ergänzte seine Mutter, „und seine Mutter eigentlich auch."

„Und was?", fragte Lars neugierig.

„Peter wünscht sich so sehr, dass du heute Nacht bei ihm übernachtest", erklärte Frau Lehmann, „wenn du willst, soll ich dich am besten gleich bringen. Was meinst du?"

„Da fragst du noch?", rief Lars freudig und sammelte bereits ein paar Sachen zusammen, „wann fahren wir los? Peter braucht mich, da bin ich logischerweise sofort dabei."

Hastig riss Lars das Schriftstück vom Schreibtisch, faltete es zusammen und steckte es in seine Hosentasche. Er musste unbedingt Peter davon erzählen, überlegte er. Plötzlich musste für Lars alles sehr schnell gehen, so dass er in der Eile noch nicht einmal seinen Laptop ausgeschalten hatte.

Peter erwartete seinen Freund bereits an der Haustüre. Beide begrüßten sich, als hätten sie sich Jahre nicht gesehen. Lars verabschiedete sich von seiner Mutter und verschwand mit Peter in dessen Zimmer. Kurz sprach Frau Lehmann noch mit Peters Mutter, ehe sie wieder nach Hause fuhr.

„Mir tut das echt leid mit heute Mittag", entschuldigte sich Lars.

„Halb so wild, Kumpel", winkte Peter ab, „du hast ja nicht ahnen können, dass das bei mir immer alles so schnell geht. Jetzt fühle ich mich wieder völlig gesund. Obwohl ich natürlich weiß, dass ich das leider nicht bin."

„Deine Eltern haben mir das mit deiner Krankheit etwas näher erklärt", sagte Lars, „hast du denn keine Schmerzen, wenn dieses Ding da in deinem Kopf ist?"

„Schmerzen habe ich zurzeit nur selten", schüttelte Peter den Kopf, „hin und wieder mal Kopfschmerzen. Aber nur leicht. Trotzdem hätte ich das Teil sehr gerne los. Das ist leider nicht so einfach."

„Deine Eltern haben mir auch das erklärt", ergänzte Lars, „aber glaube mir, wir finden einen Weg und du wirst wieder ganz gesund. Das verspreche ich dir."

„Du bist echt der beste Freund, den man sich wünschen kann", lobte Peter und klopfte Lars zweimal auf die Schulter.

„Echte Freunde machen so etwas", lächelte Lars, „wozu hat man sie denn sonst?"

Darüber schmunzelte auch Peter. Die beiden Jungen verfielen in ein langes Gespräch und kamen in dessen Verlauf irgendwann auch auf die Schriftrolle zu sprechen. Lars kramte sie aus seiner Hosentasche und breitete sie vor Peter aus. Dieser betrachtete das Papier lange und lauschte neugierig den Vermutungen und Ergebnissen, die Lars bereits präsentieren konnte. Er erzählte von den drei Ländern und von dem Wort »Reichtum«, aber auch Peter konnte sich darauf keinen Reim machen. Ebenso hatte auch Peter keine Ahnung, in welcher Schrift der kleine Text geschrieben war, geschweige denn, was er zu bedeuten hatte. Die beiden Freunde überlegten und waren sicher, dass sie einem spannenden Rätsel auf der Spur waren. Zusammen kamen ihnen die besten Ideen. Eine ganze Weile brüteten sie über dem Rätsel, mussten aber immer wieder ihre Ideen verwerfen, weil sie zu keinem Ziel führten. Spät am Abend hatte Peter die Idee, die Türmerin im blauen Turm zu befragen.

„Aber was soll das bringen?", zweifelte Lars.

„Ich weiß es nicht", antwortete Peter, „aber Frau Behnert ist schon über zwanzig Jahre auf dem Turm zuhause und weiß so ziemlich alles über dieses alte Bauwerk. Vielleicht hat sie wirklich eine Idee oder zumindest einen Tipp, was diese drei Länder mit dem blauen Turm gemeinsam haben könnten."

„Zumindest ist es einen Versuch wert", stimmte Lars zu, „da hast du tatsächlich Recht."

„Ich kenne Frau Behnert gut", sagte Peter, „wenn sie uns helfen kann, wird sie das bestimmt tun."

„Wir müssen das auf jeden Fall herausfinden", forderte Lars, „wenn das Wort Reichtum hier auf dem Zettel steht, dann wird es auch eine Bedeutung haben. Und wenn wirklich etwas Wertvolles dahintersteckt, dann haben wir vielleicht die Möglichkeit, dir richtig ordentlich zu helfen."

„Das wäre zwar schön", lächelte Peter, „aber glaubst du wirklich, dass das eine Schatzkarte ist? Ich weiß nicht."

„Schatzkarte oder nicht", meinte Lars, „ich werde mich gleich morgen darum kümmern und mit Frau Behnert reden."

„Dann sollten wir für heute Feierabend machen, was meinst du?", schlug Peter vor, „ich bin langsam richtig müde und ein bisschen Kopfschmerzen bekomme ich auch."

Diesmal wollte Lars sofort reagieren und auf Peter hören. In diesem Augenblick kam Peters Mutter zur Türe rein, um nachzufragen, ob alles in Ordnung sei.

Peter nickte und wollte seiner Mutter andeuten, dass sie wieder gehen könne. Gerade als er vom Bettrand aufstehen wollte, wurde es Peter unheimlich schwindelig. Sein Blick verhieß nichts Gutes. Seine Mutter erkannte die Situation sofort und wollte Peter zu Hilfe eilen. Lars, der eben noch direkt neben Peter auf dem Bettrand gesessen war, schnellte ebenfalls auf und stützte seinen Freund.

„Nicht schon wieder, Peter", rief seine Mutter ängstlich und fing ihren Sohn auf, dait er nicht auf den Boden fiel.

Zusammen mit Lars legten sie Peter auf dessen Bett.

„Das sind diese Anfälle, die Peter immer wieder bekommt", erklärte Peters Mutter, „ihr solltet jetzt schlafen gehen, damit Peter zur Ruhe kommt."

Lars stand erschrocken im Zimmer. So hatte er die Situation, so hatte er Peter noch nie erlebt. In ihm stieg ein Angstgefühl auf. Peter hatte sich inzwischen wieder berappelt und sah Lars verwundert an.

„Alles in Ordnung", versicherte Peter, „aber lass uns jetzt schlafen gehen."

Niemals zuvor fühlte sich Lars derart verunsichert wie in diesem Moment. Peters Eltern gaben ihrem Sohn noch Medizin und baten Lars, sich sofort zu melden, falls etwas sei. Er brauche sich nicht zieren, erklärten sie, in ihr Schlafzimmer zu kommen, um sie zu wecken. Nach wie vor leicht schockiert nickte Lars. Peter wirkte nach dem Anfall sehr müde und wollte nur noch schlafen. Kaum hatten seine Eltern das Zimmer verlassen, war Peter bereits eingeschlafen. Lars lag auf der Matratze neben Peters Bett und war hellwach. Tausend Gedanken schossen ihm durch den Kopf. Er hoffte so sehr, dass er einen Weg finden würde, um Peter zu helfen. Dabei erinnerte er sich wieder an dieses Schriftstück. In Gedanken sortierte er alles, was er bisher herausgefunden hatte. Dabei merkte er gar nicht, dass er immer müder wurde und bald selbst einschlief.

Mitten in der Nacht riss ihn ein lauter Schrei aus dem Schlaf. Lars erschrak und setzte sich sofort auf. Sein erster Blick fiel auf Peter, der sich in seinem Bett krümmte. Noch ehe Lars reagieren und Peters Eltern holen konnte, stürmten diese zur Tür herein und schossen auf ihren Sohn zu. Lars stand fassungslos da und begriff nicht, was gerade passierte. Peter war kreidebleich im Gesicht. Seine Augen waren weit aufgerissen, er war nicht ansprechbar. Peters Mutter wirkte sehr beruhigend auf ihn ein. Sein Vater blieb ebenfalls erstaunlich ruhig und brachte Lars nach draußen. Ängstlich setzte sich Lars in die Küche. Peters Vater war inzwischen ins Wohnzimmer verschwunden und kam mit dem Telefon am Ohr zurück in die Küche. Lars bekam mit, wie Peters Vater die eigene Adresse durchgab und danach auflegte.

„Ich habe eben den Notarzt gerufen", erklärte der Vater, „ich fürchte, wir müssen Peter ins Krankenhaus bringen. Du darfst dir keine Sorgen machen, Lars. In der Klinik wird Peter sicherlich geholfen."

Lars nahm alles wortlos auf. Vor Aufregung begann er leicht zu zittern. Nur wenige Minuten später traf ein Krankenwagen ein. Zwei Ärzte eilten zu Peter ins Zimmer. Lars blieb in der Küche sitzen und wartete ab. Peters Vater leistete ihm Gesellschaft und beruhigte ihn. Sorgenvolle Minuten begannen. Die Ärzte kümmerten sich sehr gut um Peter. Bald kamen sie mit Peters Mutter in die Küche.

„Wir werden Peter sicherheitshalber mitnehmen", erklärte einer der Ärzte, „eine reine Vorsichtsmaßnahme. Jetzt haben wir ihm erstmal nur eine Spritze gegeben, damit sich sein Kreislauf wieder beruhigen und stabilisieren kann. Aber wir sollten seinen Zustand unbedingt beobachten. Sicher ist sicher."

„Bist du Peters Freund?", fragte der andere Arzt Lars, „er hat nach dir gefragt. Magst du kurz zu ihm?"

Lars nickte und Peters Mutter brachte ihn zu seinem Freund. Die beiden Ärzte holten inzwischen die Bahre aus dem Krankenwagen. Peter hatte sich tatsächlich wieder beruhigt.

„Jetzt habe ich dir ziemlich die Nacht versaut", murmelte Peter und lächelte leicht.

„Das hast du nicht", schüttelte Lars den Kopf.

„Die Ärzte werden dich mitnehmen in die Klinik, Peter", erklärte Peters Mutter.

„Und was ist mit Lars?", fragte Peter.

„Ich bleibe hier und halte die Stellung", beruhigte ihn Lars, „bis du wieder kommst."

„Ich komme wieder", flüsterte Peter, „darauf kannst du dich verlassen."

„Wehe nicht", meinte Lars.

Die beiden Mediziner hatten alles bereits vorbereitet und legten Peter vorsichtig auf die Bahre. Lars und Peters Eltern begleiteten den Jungen bis zum Krankenwagen. Peters Vater begleitete seinen Sohn ins Krankenhaus und stieg zuerst in den Wagen. Bevor einer der beiden Ärzte den Wagen verschloss, winkte Peter noch einmal seiner Mutter und Lars zu.

Wenige Sekunden später fuhr der Wagen mit eingeschaltetem Blaulicht davon. Lars und Peters Mutter kehrten ins Haus zurück.

Liebevoll kümmerte sich Peters Mutter um Lars und tröstete ihn. Lars hatte jedoch den Eindruck, dass sie sich damit auch selbst ein bisschen trösten würde. Er hörte ihr gerne zu. An Schlaf war ohnehin nicht zu denken. Lange saßen er und

Peters Mutter in der Küche und redeten. Irgendwann jedoch beschlossen sie doch ins Bett zu gehen. Bevor Lars endlich einschlafen konnte, schwor er sich, alles dafür zu tun, um seinem besten Freund zu helfen.

Die große Überraschung

„Richten Sie Peter liebe Grüße aus, wenn Sie ihn besuchen", rief Lars noch Peters Mutter zu, bevor er das Haus verließ.

Nachdenklich schlenderte Lars zum blauen Turm. Die schwere Tür war bereits geöffnet und so konnte der Junge die Türmerin direkt besuchen. Im Eiltempo stieg er die vielen Treppenstufen nach oben. Unterwegs bereits musste er ziemlich schnaufen. Immer wieder blieb er stehen. Kurz bevor er die Wohnung der Türmerin erreicht hatte, kündigte ein Bewegungsmelder seine Ankunft an. Frau Behnert erwartete ihn bereits an der kleinen Durchreiche ihrer Wohnungstür.

„Heute alleine?", begrüßte ihn die Frau und lächelte.

„Peter ist im Krankenhaus", stöhnte Lars.

„Hoffentlich nichts Schlimmes", erschrak Frau Behnert.

„Das weiß ich leider nicht", sagte Lars leise, „darf ich kurz mit Ihnen reden?"

„Sehr gerne", antwortete Frau Behnert, „komm rein. Ich freue mich immer über Besuch."

Lars folgte der Türmerin in ihr bescheidenes Wohnzimmer. Er war überrascht, wie toll die Frau eingerichtet war. Jede Ecke und jeder Winkel der kleinen Wohnung war optimal genutzt. Stolz zeigte Frau Behnert das ehemalige Bett ihrer Kinder. Über eine schmale Holztreppe musste man ein Stück nach oben klettern und landete in einer wunderschönen Schlafhöhle. Lars war begeistert. Danach zeigte Frau Behnert ihr Schlafzimmer, oder vielmehr das, was sie als ihr Schlafzimmer betrachtete. Mit einem Raumteiler hatte sie einen kleinen Bereich der Wohnung abgegrenzt und dort ihr Bett aufgestellt. Lars konnte kaum fassen, was man auf solch kleinem Raum aus einer Wohnung machen konnte. Ringsherum hatte Frau Behnert dazu noch einen herrlichen Ausblick über Bad Wimpfen, über den Neckar und über das umliegende Tal. Beinahe vergaß Lars den eigentlichen Grund, warum er hier war. Er wollte unbedingt mehr über den blauen Turm erfahren. Vor allem wollte er das Rätsel um die Länderumrisse lösen. Er hoffte so sehr, dass die Türmerin ihm weiterhelfen konnte. Doch ihm war auch klar, dass er vorsichtig sein musste, um nicht zu viel zu verraten und damit seine Mission zu gefährden. Über allem stand die Hilfe für Peter, das war ihm klar.

Bald war die Führung durch die Turm-Wohnung beendet und Frau Behnert bat Lars, sich an den Tisch zu setzen.

„Möchtest du vielleicht etwas trinken?", fragte sie höflich.

„Sehr gerne", antwortete Lars und setzte sich auf die kleine Eckbank.

Die Türmerin organisierte aus der ebenfalls kleinen Küche zwei Gläser und eine Flasche Saft. Sie goss Lars ein Glas voll Saft ein und setzte sich zu ihm.

„So, mein Junge", begann Frau Behnert, „jetzt erzähl mal. Was ist mit Peter?"

„Das ist eine lange Geschichte", schnaufte Lars tief durch.

Lars erzählte Frau Behnert, dass Peter immer wieder diese Anfälle hatte, dass er manchmal sogar zu schwach war, um sich auf den Beinen zu halten und von dem »Ding«, das nicht in seinen Kopf gehört. Frau Behnert lauschte gespannt und hielt sich manchmal vor Schreck beide Hände vor ihr Gesicht. Zum Schluss erzählte Lars von der Nacht und dass Peter mit dem Krankenwagen in die Kinderklinik gebracht worden war.

„Das ist ja schlimm", betonte Frau Behnert, „aber du wirst sehen, Peter wird wieder ganz gesund werden. Er ist so ein lieber Junge."

„Und so ein toller Freund", ergänzte Lars.

„Jetzt möchtest du dich bei mir ein bisschen ablenken", überlegte die Türmerin, „das ist eine gute Idee."

Diese Überlegung kam Lars gerade richtig. Eben noch grübelte er, wie er das Gespräch in die Richtung lenken konnte, die für ihn interessant war.

„Ja, das tut einfach mal gut", nickte Lars, „diese Wohnung, dieser Turm, das ist doch sicher total spannend, hier oben leben zu dürfen, oder?"

„Das ist es in der Tat", lächelte Frau Behnert, „ich erlebe hier oben sehr viel. Du kannst dir gar nicht vorstellen, wie toll es immer wieder ist. Am schönsten ist es tatsächlich, wenn draußen ein

Gewitter tobt. Dann habe ich hier ein richtig tolles – ja, sagen wir – Feuerwerk. Ganz lange kann ich dieses Schauspiel beobachten und die Blitze, die sehe ich noch, selbst wenn sie ganz weit weg sind."

„Haben Sie keine Angst, dass irgendwann mal der Blitz einschlägt?", fragte Lars überrascht.

„Naja", meinte die Türmerin, „das ist schon passiert. Lass mich mal überlegen, das war im Jahr neunzehnhundertvierundachtzig. Da hat hier oben tatsächlich der Blitz eingeschlagen. Zum Glück ist aber meiner Wohnung hier nichts passiert."

„Und diese Holzbalken draußen an der Wand des Turmes", fiel Lars ein, „was haben die zu bedeuten?"

Tatsächlich war Lars aufgefallen, dass im unteren Bereich des Turmes Holzbalken an den Turm angebracht und mit Stahlgurten verzurrt waren.

„Ach die", lachte Frau Behnert, „die hat man anbringen müssen, weil der Turm ganz kleine Risse hat. Aber zum Glück nur die äußere Haut."

„Die äußere Haut?", wollte Lars wissen, „wie meinen Sie das?"

„Der Turm besteht sozusagen aus zwei Schichten. Ich nenne sie der Einfachheit halber nur Häute. So wie die Haut bei uns Menschen, weißt du?", erklärte Frau Behnert, „die äußere Haut hat kleine Risse, aber der innere Turm ist davon nicht betroffen."

„Der innere Turm?", überlegte Lars.

„Ja, der innere Turm", antwortete Frau Behnert, „du musst dir das so vorstellen, dass um den eigentlichen Turm noch ein weiterer Turm gebaut worden ist. Ein Turm im Turm sozusagen."

Lars malte sich in Gedanken aus, was ihm die Türmerin gerade erklärte.

„Das heißt also, dass zwischen den beiden Türmen – wenn man das so sagen will – Hohlräume sind?", kombinierte Lars.

„So kann man das durchaus sagen", nickte Frau Behnert, „natürlich gibt es diese Hohlräume nicht überall, aber an manchen Stellen gibt es tatsächlich richtig große Freiräume. Man hat diese aber größtenteils mit irgendwelchem Füllmaterial ausgestopft. Aber da darfst du mich nicht wirklich fragen, wie das genau ist."

„Macht ja nichts", lächelte Lars, „ist ja auch so schon interessant genug."

Lars nahm einen Schluck von dem Saft und freute sich darüber, dass er noch nie so weit oberhalb des Erdbodens an einem Tisch gesessen und Saft getrunken hatte. Irgendwie war das schon ein komisches Gefühl.

„Und seit wann wohnen Sie auf diesem Turm?", fragte Lars nach der Trinkpause.

„Schon eine ganze Weile", antwortete Frau Behnert, „fast zwanzig Jahre."

„Und vor ihnen?", hakte Lars nach.

„Der Turm wird schon sehr lange bewohnt", erklärte die Türmerin, „warte mal. Ich zeige dir etwas."

Frau Behnert stand auf und fischte ein altes Buch aus dem Regal direkt neben ihrem Schlafzimmer.

„Hier drinnen", sagte sie, „findest du alle Türmer, die jemals auf dem blauen Turm hier in Bad Wimpfen gelebt haben. Du solltest aber wissen, dass ich die einzige Türmerin bin. Vor mir waren immer nur Männer bereit, dieses Leben hier oben zu führen."

Lars nahm das Buch entgegen und legte es auf den Tisch. Langsam blätterte er es durch, immer auf der Suche nach einem Hinweis. Vielleicht fand er in diesem Buch zumindest die Antwort auf *eine* seiner vielen Fragen.

„Verlassen Sie den Turm eigentlich oft?", fragte Lars, während er weiter sorgsam im Buch blätterte.

„Vielleicht ein oder zweimal in zwei Wochen", sagte die Türmerin, „die vielen Treppen – da überlegst du ganz genau, wie oft du dir das antust. Aber die Besucher versorgen mich bestens. Sie bringen mir die Zeitung, oder tragen auch mal Einkäufe hier hoch. Vieles kann ich auch mit dem Lastenaufzug machen. Den hast du bestimmt gesehen."

Lars nickte. Er hatte die Stufen zwar nicht gezählt, aber er schätzte, dass es weit über hundert sein müssten. In Gedanken malte er sich aus, wie es wäre, wenn er hier wohnen würde und Tag für Tag in die Schule müsste. Nicht auszudenken. Seite um Seite blätterte er weiter. Plötzlich stieß er auf einen Türmer, der vor fast einhundert Jahren auf dem Turm gelebt hatte. Über ihn stand geschrieben, dass er sehr oft den Turm verlassen habe, um seinem größten Hobby nachzugehen. Warum Lars Herzklopfen bekam, als er diese Information las, wusste er nicht. Aber er spürte, dass dieser Hinweis sehr wichtig war. Und tatsächlich, weiter unten im Text stand geschrieben, dass Adalbert Teschner sehr oft auf Reisen unterwegs gewesen war. Lars stockte der Atem, als er las, dass die Reisen dieses Türmers vorwiegend nach Asien gingen. Hastig überflog Lars den Rest des Textes und blieb an drei Wörtern kleben. Er hielt die Luft an, ein warmer Hauch durchfuhr ihn. Trotzdem bildete sich Gänsehaut auf seinen Armen und seine Kopfhaut begann zu kribbeln. »Thailand«, »Kambodscha« und »Sri Lanka« waren die Lieblingsländer dieses Türmers. Also doch! Lars hatte gefunden, wonach er gesucht hatte. Er konnte es kaum fassen. Trotzdem musste er ruhig bleiben, sodass die Türmerin keinen Verdacht schöpfte. Noch wusste Lars nichts mit diesen Informationen anzufangen, aber er fühlte, dass er kurz davor war, das Rätsel um die Länderumrisse zu lösen. Die Seite war zu Ende und der Text schien auf der Folgeseite weiterzugehen. Schnell blätterte Lars um und stieß hier auf das Bild einer Postkarte aus der damaligen Zeit. Die Schrift, mit der die Karte geschrieben war, ließ ihn ein weiteres Mal erschaudern. Das war die gleiche komische Schrift, die Lars auf der Schriftrolle gefunden hatte. Lars versuchte ruhig zu bleiben. Das war nicht leicht. Die Aufregung war nun groß und er spürte sie bei jedem Atemzug.

„War dieser Adalbert Teschner irgendwie Ausländer?", fragte Lars mit ruhiger Stimme.

„Wie kommst du darauf?", wollte die Türmerin wissen.

„Diese Schrift hier", antwortete Lars und zeigte auf die Postkarte.

„Lass mal sehen", sagte die Türmerin und zog das Buch zu sich heran.

Kurz setzte sich Frau Behnert eine Lesebrille auf und betrachtete das Foto.

„Das ist Sütterlin", erklärte sie.

„Sütter.... was?", staunte Lars.

„Sütterlin", antwortete Frau Behnert, „so hat man zu der Zeit geschrieben, als dieser Adalbert Teschner gelebt hatte."

„Ok", wunderte sich Lars noch immer.

„Na, heute schreibt man in der lateinischen Ausgangsschrift, glaube ich", überlegte Frau Behnert, „und damals hat man halt in Sütterlin geschrieben."

„Aber das kann doch kein Mensch lesen", meinte Lars.

„Naja", lächelte Frau Behnert, „da muss sogar ich tatsächlich passen. Sütterlin ist nicht so einfach."

Lars zog das Buch wieder zu sich und las den Text zu Ende. Eigentlich hatte er nun die Informationen, die er gesucht hatte. Der Türmer Adalbert Teschner war viel in Kambodscha, Thailand und Sri Lanka. Und genau diese Länderumrisse waren auf dieser seltsamen Schriftrolle zu finden. Jetzt musste Lars nur noch herausfinden, was die Striche zu bedeuten hatten, die von den Umrissen auf den Turm zeigten. Außerdem musste er diesen komischen Text in dieser uralten Sprache entziffern. Krampfhaft versuchte er, sich das Wort »Sütterlin« einzuprägen. Hoffentlich vergaß er das Wort nicht, ehe er zuhause war.

Als hätte er danach gerufen, vibrierte sein Handy in der Hosentasche. Eilig zog er es heraus und betrachtete das Display. Vielleicht eine Nachricht von Peter, dachte er. Doch die Nachricht kam nicht von Peter. Philipp hatte ihm geschrieben. Der Gärtner und »Mann für alles« auf Schloss Neuburg wollte wissen, wann er Lars abholen sollte.

„Sofort", tippte Lars schnell und schaltete das Handy auf Standby.

„Ich muss dann leider los", berichtete Lars, „ich werde gleich abgeholt."

„Das ist wirklich schade", sagte die Türmerin, „du darfst aber gerne jederzeit wiederkommen, wenn du möchtest."

„Das werde ich bestimmt tun", nickte Lars, „das ist sogar versprochen."

„Sehr gerne", freute sich Frau Behnert, „ach ja, und wenn du Peter triffst, richte ihm liebe Grüße aus und vor allem gute Besserung."

„Das mache ich bestimmt", versprach Lars, „vielen Dank für alles. Es ist wirklich sehr spannend gewesen bei Ihnen. Vor allem dieses Buch. Vielen Dank."

Lars erhob sich und gab Frau Behnert die Hand. Gemeinsam gingen sie zur Wohnungstür und verabschiedeten sich. Dann sauste Lars die vielen Treppenstufen nach unten.

Lange musste er zum Glück nicht warten, ehe Philipp mit dem Wagen um die Ecke bog. Lars musste schleunigst nach Hause und die gewonnenen Erkenntnisse überprüfen und weiter recherchieren. »Sütterlin« ging ihm ständig durch den Kopf.

„Na Lars, alles klar?", begrüßte ihn Philipp, als der Junge in den Wagen stieg.

„Alles soweit in Ordnung", antwortete Lars kurz.

Philipp steuerte das Auto durch die engen Gassen Bad Wimpfens und landete schließlich auf der Straße, die am Neckar entlang Richtung Haßmersheim führte. Immer wieder wollte Philipp Lars in ein Gespräch verwickeln, doch der Junge antwortete immer nur mit ganz wenigen Worten, oder manchmal gar nicht.

„Sütter...", sagte sich Lars wiederholt vor, „Sütter...ähm, Sütter...Mist, wie war das? Sütter...Sütter...lin."

Lars ließ einen lauten Seufzer los, als ihm das Wort endlich wieder einfiel. Das bemerkte Philipp und begann ein neues Gespräch.

„Ist wirklich alles in Ordnung?", forschte er nach.

Lars zog nur leicht die Schultern hoch und antwortete nicht.

„Irgendwas stimmt doch nicht", bemerkte Philipp, „magst du reden?"

Lars zögerte.

„Hast du schon mal einen Freund gehabt", fragte Lars leise, „ich meine einen richtigen, echten, dicken Freund. So einen, mit dem du über alles reden kannst. Der dir vertraut, dem du vertrauen kannst? Ein Freund, der immer für dich da ist, der dir hilft, wenn du in Not bist."

„Ich denke schon", nickte Philipp, „aber worauf willst du hinaus?"

„Peter ist so ein Freund", antwortete Lars.

Dann begann Lars alles über Peter zu erzählen. Philipp hörte gerne zu. Lars redete sich seinen ganzen Kummer von der Seele.

„Du musst jetzt einfach immer für Peter da sein", erklärte Philipp einfühlsam, „dann schafft er das. Glaube mir."

„Und ausgerechnet jetzt können Tore und Milo nicht da sein. Ausgerechnet jetzt, da ich sie so dringend brauche", jammerte Lars, „Peter ist im Krankenhaus, Tore und Milo können nicht kommen. Was sind das nur für Ferien?"

„Manchmal kann man es sich einfach nicht aussuchen", versuchte Philipp Lars zu trösten, „aber du wirst sehen, es wird bestimmt alles wieder gut."

Inzwischen hatten die beiden Schloss Neuburg erreicht. Philipp parkte den Wagen direkt im Schlosshof. Lars bedankte sich für das Abholen, stieg aus und sauste direkt in sein Zimmer. Im Nu war der Laptop hochgefahren und Lars setzte sich davor. Als er die Suchmaschine öffnete und den Namen dieser Schrift eingeben wollte, zögerte er.

„Mist", schimpfte er, „wie war das? Verdammt, dass darf doch jetzt nicht wahr sein. Irgendwas mit »Süden« glaube ich, oder?"

Lars überlegte fieberhaft, aber so sehr er auch überlegte, ihm fiel der Name der Schrift nicht mehr ein. Mitten in seinen Überlegungen klingelte sein Handy. Ein kurzer Blick auf das Display verriet Lars, dass es Peters Mutter war. Aufgeregt nahm er das Gespräch entgegen. Als er wieder aufgelegt hatte, wusste Lars, dass es Peter den Umständen entsprechend gut ging, er aber momentan keine Besucher empfangen durfte. Das ärgerte Lars, weil er ihn so gerne hätte besuchen wollen. Auch ärgerte ihn, dass seine Cousins Tore und Milo nicht da waren. Sollte er dieses große Problem wirklich alleine lösen? Schnell verwarf Lars seine Gedanken und widmete sich wieder der Suche nach der seltsamen Schrift. Nervös tippte er auf die Tasten und starrte auf den Bildschirm. Doch der zeigte ihm solange kein Ergebnis, wie Lars keine Eingaben machte.

„Mist, wie hieß diese Schrift?", fluchte Lars.

In diesem Augenblick klopfte es an der Tür. Leicht genervt rief Lars »Herein!«. Die Tür öffnete sich langsam und ein Gesicht erschien. Lars blickte noch immer auf den Bildschirm und bekam nicht wirklich mit, wer ihn besuchen wollte.

„Brauchst du vielleicht Hilfe?", sagte die Person an der Tür.

Die Stimme kam Lars total bekannt vor. Ein Ruck ging durch ihn, er drehte sich zur Tür und hielt vor Staunen für ein paar Sekunden die Luft an.

„Tore, Milo", rief er laut und sprang auf, „was macht ihr denn hier?"

Lars rannte auf seine beiden Cousins zu und fiel ihnen um den Hals.

„Wo kommt ihr denn her?", freute sich Lars und bekam richtig Gänsehaut.

„Wir dachten, dass du vielleicht Hilfe brauchst", erklärte Tore.

„Und wie ich die brauche", versicherte Lars.

„Glaubst du im Ernst, dass wir dich in diesem Moment im Stich lassen?", lächelte Milo.

„Ich kann es nicht fassen", rief Lars und bekam vor Freude richtig feuchte Augen.

Mit jedem hätte er gerechnet, aber nicht mit Tore und Milo. Sie tauchten genau im richtigen Moment auf. Lars konnte dieses Glück kaum fassen.

„Aber woher....", wollte Lars fragen.

„Ganz einfach", erklärte Onkel Albert, der nach Tore und Milo ins Zimmer kam, „die ganze Geschichte mit Peter, das kannst du nicht alleine packen. Und da habe ich mit meiner Schwester gesprochen. Sie hat auch gemeint, dass Tore und Milo in diesem Fall hier bei uns viel notwendiger gebraucht werden. Wir haben in Hamburg alles organisiert, damit Tante Gabi gut versorgt wird und haben Tore und Milo auf die Reise geschickt. Tja, und da sind sie."

Lars ging auf seinen Vater zu, umarmte ihn fest und bedankte sich für alles. Tante Thea, die inzwischen aufgetaucht war, wurde ebenfalls von ihrem Sohn herzlich gedrückt.

„Dann wollen wir euch mal alleine lassen", überlegte Onkel Albert, „es gibt sicher einiges zu besprechen."

Onkel Albert und Tante Thea verließen das Zimmer von Lars und schlossen die Tür.

„Oh mein Gott", konnte es Lars noch immer nicht fassen, „ich bin so glücklich, dass ihr da seid."

„Nach was hast du da am Laptop gesucht?", wollte Tore wissen.

Lars erzählte in Windeseile die ganze Geschichte über Peter und über die Schriftrolle, die beide im blauen Turm gefunden hatten. Er erzählte auch, dass er das Rätsel um die Länderumrisse bereits gelöst hatte, sich aber nicht mehr an den Namen der Schrift erinnern konnte. Tore nahm die Schriftrolle an sich und sah sich den Text genau an.

„Ich kenne diese Schrift", erklärte er plötzlich.

„Wie bitte?", erschrak Lars.

„Das ist Sütterlin", wusste Tore.

„Genau!", rief Lars und schlug sich gegen die Stirn, „Sütterlin. Ich bin nicht mehr drauf gekommen. Woher kennst du diese Schrift?"

„Kunstunterricht bei Frau Bachmann", sagte Tore, „ist erst ein paar Wochen her, da haben wir diese Schrift im Kunstunterricht geschrieben."

„Dann kannst du das lesen?", fragte Lars überrascht.

„Ich kann es zumindest probieren", antwortete Tore.

Wort für Wort versuchte Tore zu entziffern. Milo hatte sich inzwischen einen Stift und ein Stück Papier geschnappt und schrieb die Worte mit, die sein Bruder vorlas. Lars saß neben Tore und staunte, wie gut dieser den Text lesen konnte, von dem Lars noch nicht einmal einen Buchstaben entziffern konnte. Selbst als Lars das Wort kannte, fiel es ihm schwer, die Buchstaben zu erkennen. Bald hatte Tore den Text komplett entziffert und Milo seine Schreibarbeit erfüllt.

„Da kann man heute jeden Mist im Internet finden", lachte Lars, „aber manche Dinge sind eben doch schneller und einfacher, wenn man sie selbst beherrscht. Klasse, Tore!"

Milo legte den Stift zur Seite und begann laut vorzulesen, was er mitgeschrieben hatte.

„Für meine wehrten Nachkommen, die den blauen Turm bewohnen werden. Seit dem Brand Mitte des neunzehnten Jahrhunderts hat der Turm eine schützende Haut", las Milo vor.

„Schützende Haut?", unterbrach Lars.

„…eine schützende Haut", las Milo weiter vor, „Sie möge nicht nur ihren eigentlichen Zweck erfüllen. Suchet und ihr werdet finden und unendlichen Reichtum erfahren. Diszipliniere dein Denken!"

Milo ließ seine Hand mit dem Zettel auf seinen Oberschenkel fallen und sah Lars und Tore an.

„Unendlichen Reichtum", wiederholte Lars und wirkte nachdenklich, „genau das, was wir und Peter jetzt brauchen."

„Aber was ist damit gemeint?", überlegte Tore.

„Diszipliniere dein Denken!", las Milo noch einmal vor, „was das wohl heißen mag?"

„Vielleicht hat es damit etwas zu tun, dass dieser junge Mann etwas im Turm gesucht hat", kombinierte Lars.

Die Begegnung mit dem jungen Mann hatte Lars in seiner Erzählung natürlich nicht vergessen. Nur durch ihn war er ja auf diesen kleinen Hohlraum im Fußboden gekommen.

„Reichtum, schützende Haut", überlegte Lars weiter, „wenn das nicht nach einem Abenteuer riecht."

„Und vielleicht nach der Rettung von Peter", ergänzte Tore.

„Wir sind wieder zusammen", freute sich Milo.

„Das ist die beste Überraschung heute gewesen", lächelte Lars, „und gemeinsam werden wir das Rätsel um den blauen Turm lösen."

„Und dann werden wir deinem Freund helfen", versprach Tore.

„Morgen machen wir uns auf die Suche, Jungs", bestimmte Lars, „ich bin schon gespannt, was uns erwartet."

Im blauen Turm

In dieser Nacht hatten die drei Jungen nicht wirklich viel geschlafen. Zu groß war die Aufregung um die Schriftrolle und die neuen Erkenntnisse. Zudem gab es viel zu viel zu erzählen, um wirklich früh schlafen gehen zu können. Obwohl alle drei noch ziemlich müde waren, hielt sie die Freude auf das bevorstehende Abenteuer wach. Das Frühstück war schnell erledigt und nur wenige Minuten später waren die drei Jungen auf dem Weg zum blauen Turm nach Bad Wimpfen.

Stolz wies Lars den Weg und zeigte seinen Cousins schon von weitem den wunderschönen Turm. Doch leider blieb für die Schönheit der Altstadt wenig Zeit, denn die Aufgabe ihrer Mission war eine andere.

Es war noch sehr früh am Morgen, aber die Tür zum Turm war bereits geöffnet. Zum Glück, wie Lars fand. Noch bevor sie den Eingang erreichten, bereitete Lars seine Cousins auf die bevorstehende Treppensteigerei vor. Milo schnaufte und rollte die Augen, aber Tore und Lars wussten ihn zu bändigen. Lars erreichte die Tür zuerst und ging voraus. Tore und Milo sahen sich neugierig um und folgten ihrem Cousin neugierig. In dem Moment, als Lars die erste Ebene erreicht hatte, blieb er unvermittelt stehen, stieg zwei Stufen zurück und hielt seine Cousins mit dem linken Arm zurück.

„Psst, der Typ da vorne", flüsterte Lars und zeigte auf einen jungen Mann.

„Was ist mit dem?", flüsterte Tore zurück.

„Das ist der Typ, der hier schon einmal herumgeschlichen ist", erklärte Lars leise, „der, von dem ich euch erzählt habe. Was will der schon wieder hier?"

„Er untersucht die Wände", bemerkte Milo, „macht das irgendeinen Sinn?"

„Das weiß ich noch nicht genau", schüttelte Lars den Kopf, „aber wir werden es herausfinden."

Im Turm war es zwar immer wieder sehr eng, aber dennoch sehr übersichtlich. Es gab nicht wirklich viele Stellen, an denen man sich gut verstecken konnte. Leise gingen Tore, Milo und Lars in Deckung und beobachteten den jungen Mann. Der klopfte mit der Faust die Wände ab, als würde er nach etwas suchen. Zwar hatte Lars den Verdacht, der Typ könnte nach *den* Stellen suchen, die auf der Karte eingezeichnet waren, aber woher sollte dieser Kerl sie kennen?

„Ich würde fast behaupten, dass der Typ sich vergeblich Mühe macht", grinste Lars, „die Schriftrolle habe ich nämlich auf dem Boden gefunden und nicht in oder an den Wänden."

Lars zeigte aus dem Versteck heraus auf die Stelle, an der die Fliese auf dem Boden den Hohlraum freigab. Der junge Mann hatte seine Arbeit auf dieser Ebene des Turms inzwischen beendet und stieg weitere Treppenstufen nach oben. Das war die Gelegenheit für Lars, die Schriftrolle aus der Tasche zu ziehen und sie gemeinsam mit seinen Cousins zu betrachten. Tore untersuchte noch einmal die verschiedenen Striche, die zum Turm führten.

„Meiner Einschätzung nach müssten wir hier noch zu weit unten sein", überlegte er, „seht mal, die Striche landen eigentlich alle genau auf dieser Ebene hier."

Tore zeigte mit dem Finger auf die Mitte des Turms.

„Da wir eben erst in den Turm gekommen sind und die erste Ebene erreicht haben", kombinierte er, „dürften wir noch nicht so weit oben sein."

„Das würde auch passen", ergänzte Lars, „ich habe herausgefunden, dass früher der Eingang des Turmes viel höher war. Vielleicht hier, ungefähr in der Mitte. Dort muss es noch heute Überreste des Eingangs geben. Ich glaube, das ist genau eine Ebene über dieser hier."

„Dann sollten wir nachsehen", schlug Tore vor.

Lars rollte das Papier wieder zusammen und behielt es in der Hand. Langsam und vorsichtig stiegen die Freunde die Treppenstufen nach oben. Hinter Lars, der immer nach dem jungen Mann Ausschau hielt, folgte Tore und zum Schluss Milo. Bald hatten sie die nächste Ebene erreicht und konnten den Kerl erkennen, der auch hier mit der Faust die Wände abklopfte.

„Da vorne ist die Stelle, an der früher der Eingang zum Turm gewesen ist", flüsterte Lars.

An der Stelle, auf die Lars zeigte, konnte man tatsächlich einen Eingang ausmachen. Zwar war dieser zugemauert, aber die Umrisse und Verzierungen ließen eindeutig auf einen Durchgang schließen. Genau an der Stelle war nun der Mann zugange und Lars beschloss, sich etwas näher anzuschleichen. Milo wollte ihn noch zurückhalten, aber Lars war schon zu weit weg. Der junge Mann war derart mit seiner Klopferei beschäftigt, dass er die Kinder gar nicht merkte. Auch auf dieser Ebene gab es nur wenige Möglichkeiten sich zu verstecken. Alleine wäre das vielleicht möglich gewesen, aber Tore, Milo und Lars waren zu dritt. Lars und Tore konnten sich hinter einem Balken in Deckung bringen. Milo zwängte sich mit Müh und Not hinter seine Cousins. Der Typ war noch immer sehr beschäftigt und nahm von den drei Jungen keine Notiz. Tore, Milo und Lars verhielten sich völlig ruhig. Sie wagten kaum zu atmen, um kein Geräusch zu machen. Milo klammerte sich an seine beiden großen Cousins und drückte fest die Daumen, dass sie nicht erwischt würden. Vielleicht hatte er nicht fest genug gedrückt. Der Typ hatte die Wand offenbar zu Ende untersucht und wollte eine weitere Ebene nach oben steigen. Doch bereits nach Betreten der ersten Stufe blieb er kurz stehen, als hätte er im Augenwinkel etwas erkannt. Einen Moment lang bewegte er sich nicht und überlegte. Dann stieg er die Stufe wieder hinunter und schlich ein paar Meter zurück. Tore, Milo und

Lars gingen ganz tief in die Knie und versteckten sich hinter dem Balken. Ihr Herz raste. Milo konnte die Spannung kaum aushalten.

„Kommt raus!", befahl der Mann plötzlich und kam auf die Jungen zu.

Nacheinander verließen Tore, Milo und Lars ihr Versteck. Geistesgegenwärtig ließ Lars die Schriftrolle in seiner Hosentasche verschwinden.

„Wollt ihr mich ausspionieren?", fragte der Mann mürrisch.

„Wie kommen Sie darauf?", ergriff Lars das Wort, „wir wollen uns nur den Turm ansehen. Mehr nicht!"

„Und dafür versteckt ihr euch vor mir?", fragte der Mann ernst.

„Wir verstecken uns doch gar nicht", versuchte Milo schnell zu antworten.

„Natürlich nicht", lachte der Mann.

Obwohl er lachte, konnten die Kinder an seiner Miene erkennen, dass das kein Spaß war.

„Dich kenne ich doch schon", sagte der Mann scharf und zeigte auf Lars.

Er ging einen Schritt auf Lars zu und kam ihm mit seinem Gesicht verdächtig nahe. Milo zuckte zusammen, Tore ging einen Schritt zurück. Lars blieb stocksteif stehen und blickte dem Mann tief in die Augen.

„Ich rate dir eines, mein Junge", herrschte der Mann Lars scharf an, „halte dich aus meinen Angelegenheiten heraus. Glaube mir, es ist besser für dich."

„Gibt es dort unten ein Problem", klang von weiter oben eine Stimme.

Das war die Rettung, dachte Lars. Die Türmerin war auf den Tumult aufmerksam geworden und wollte sich darum kümmern.

„Ich rate dir halte dich aus meinen Angelegenheiten heraus", brummte der Mann, stieß Lars zur Seite, schubste auch Tore und Milo weg und verschwand.

Tore, Milo und Lars atmeten tief durch und blieben einen Moment lang reglos stehen.

„Alles klar dort unten?", rief die Türmerin erneut.

„Ja", rief Lars zurück, „wir kommen rauf."

Lars gab seinen Cousins Signal, nichts von der Situation eben zu erwähnen. Das sei besser, meinte er.

Tore und Milo folgten ihrem Cousin nach oben. Dort erwartete Frau Behnert die Jungen direkt vor ihrer Wohnungstür.

„Oh, heute nicht alleine?", begrüßte Frau Behnert Lars.

„Du bist hier ziemlich bekannt", feixte Tore und erhielt von Lars umgehend einen Hieb in die Rippen.

„Meine Cousins", erklärte Lars, „sie kommen aus Hamburg und ich habe ihnen von dem Turm erzählt. Jetzt wollen sie ihn natürlich auch kennen lernen."

Milo nickte verlegen. Tore rieb sich seine Rippen und lächelte nur.

„Wollt ihr gleich mal nach oben gehen?", schlug die Türmerin vor.

„Gerne", erwiderte Lars und stapfte los.

„Ach übrigens", fiel Frau Behnert ein, „hast du etwas von Peter gehört? Wie geht es ihm?"

„Nein, nicht wirklich", erklärte Lars, „er darf im Moment keinen Besuch empfangen. Mehr weiß ich leider auch nicht."

„Ok", antwortete die Türmerin, „vergesst nicht, dass ihr euch nachher bei mir meldet. Ich lade euch gerne auf einen Schluck Saft oder Limonade ein, wenn ihr Lust habt."

Tore, Milo und Lars nickten und bedankten sich kurz. Dann stiegen sie hinauf in den Turm. Lars öffnete die schwere Tür nach draußen. Ein kräftiger Wind blies herein und drückte die Jungen zurück in den Turm. Lars stieg nach draußen, Tore und Milo folgten ihm staunend.

„Boah", rief Tore, „was für eine Aussicht. Cool!"

„Wahnsinn", bestätigte auch Milo.

Lars führte seine Cousins einmal um den gesamten Turm, zeigte ihnen Bad Wimpfen, das Neckartal und zwei Burgen.

„Kennt ihr die beiden Burgen?", fragte Lars grinsend.

„Das ist doch Burg Hornberg da hinten, oder?", wusste Tore, „erinnerst du dich, kleiner Bruder?"

„Haha", machte Milo und zeigte auf die andere Burg, „das ist doch Burg Ehrenberg, richtig?"

Lars nickte.

„Na, erinnerst du dich, großer Bruder?", schoss Milo zurück.

„Ihr seid richtig schlimm", schüttelte Lars nur den Kopf, „bin ich froh, dass ich keinen Bruder habe."

Inzwischen hatten sie die Stelle erreicht, an der Lars mit Peter geredet hatte. Lars ließ sich auf den Mauervorsprung sinken und zog die Schriftrolle aus seiner Hosentasche.

„Was hat das nur alles zu bedeuten?", fragte er, „der Typ sucht nach irgendwas. Vielleicht nach dem gleichen wie wir. Aber woher sollte er das wissen? Immerhin habe *ich* die Schriftrolle oder sogar die Schatzkarte."

„Vielleicht hat er nur eine Vermutung", überlegte Tore.

„Oder irgendwann von irgendwas gehört", ergänzte Milo.

„Ich glaube eher, dass er ganz gezielt nach etwas sucht", meinte Lars, „die Frage ist nur, nach was?"

„Reichtum steht da oben", las Tore vor, „diszipliniere dein Denken. Was könnte das bloß heißen?"

„Keine Ahnung", antwortete Lars.

„Wir sollen uns genau überlegen", kombinierte Tore, „was wir tun, könnte das bedeuten."

„Suchet und ihr werdet finden und unendlichen Reichtum erfahren", las Lars weiter vor.

„Das heißt, dass irgendwo im Turm ein Schatz versteckt sein muss", überlegte Milo.

„Mit den Strichen und den Zeichnungen müsste das irgendwo in der Mitte des Turms sein. Aber was sollen diese Umrisse? Das macht keinen Sinn!", brummte Lars.

„Weißt du, wann dieser Brand gewesen ist?", wollte Tore wissen.

„Soweit ich weiß, muss das achtzehnhunderteinundfünfzig gewesen sein", überlegte Lars, „warum?"

„Ich überlege nur", erklärte Tore, „die Schrift Sütterlin hat man so um neunzehnhundertzehn eingeführt. Das bedeutet, dass die Person, die dieses Schriftstück verfasst hat, schon älter gewesen sein muss."

„Verstehe ich nicht", murmelte Milo und sah seinen Bruder und seinen Cousin an.

„Muss man nicht verstehen", meinte Tore, „ist nur eine Überlegung."

„Dieser Adalbert Teschner, der diesen Text offensichtlich geschrieben hat, muss sehr schlau gewesen sein", kombinierte Lars, „immerhin hat bis heute niemand seinen Schatz gefunden. Mit der für damalige Verhältnisse neuen Schrift hat er vielleicht auch schon in die Zukunft gedacht und deshalb alles auf Sütterlin geschrieben."

„Nur, dass es diese Schrift heute nicht mehr gibt", wusste Milo.

„Das hat er damals ja nicht wissen können", meinte Tore.

„Ich denke, dass wir damit nicht weiterkommen", befürchtete Lars.

„Vielleicht kann uns die Türmerin helfen", schlug Tore vor.

„Ich weiß nicht, ob das eine gute Idee ist", lehnte Lars ab, „je weniger Personen von der Schriftrolle wissen, desto besser ist es. Denkt daran, wenn da wirklich irgendwo ein Schatz versteckt ist und wir den finden, dann können wir Peter helfen. Vielleicht reicht der Reichtum aus, um ihm die Operation zu ermöglichen."

„Du hast Recht", stimmte Tore zu, „also müssen wir extrem vorsichtig sein, was wir erzählen. Hast du gehört, Milo?"

„Klar habe ich gehört, was willst du von mir?", ärgerte sich Milo.

„Dass du am besten die Klappe hältst", feixte Tore.

„Bevor ihr jetzt wieder anfangt, sollten wir zu Frau Behnert hinabsteigen", schlug Lars vor.

Die Türmerin hatte bereits Gläser und Saft bereitgestellt und sich auf die Jungen gefreut. Stolz zeigte sie auch Tore und Milo ihre Wohnung und erklärte ihnen sehr ausführlich, wie sie sich hier oben mit allem versorgen konnte. Milo staunte und fand alles sehr spannend. Tore und Lars schauten sich immer wieder gegenseitig an und rollten die Augen. Milo klebte fast an Frau Behnert, was die Türmerin veranlasste, alles ganz genau zu erzählen.

Erst als Lars auf die Uhr tippte und andeutete, dass sie bald gehen müssten, unterbrach Frau Behnert ihre Erzählungen.

„Wir werden jetzt gehen müssen, sonst kommen wir zu spät nach Hause", erklärte Lars.

„Aber ich habe da noch eine Frage", meldete sich Milo.

Tore und Lars erschraken und wollten Milo zurückhalten. Sie befürchteten das Schlimmste.

„Wieso heißt der blaue Turm eigentlich blauer Turm?", fragte Milo.

Sein Bruder und sein Cousin atmeten durch.

„Das ist eigentlich ganz einfach", erklärte die Türmerin, „das hat wohl etwas mit den blauen Dachziegeln zu tun. Wenn man den Turm von weitem betrachtet, glitzert das Dach des Turmes in schönem Blau. Die blauen Steine, äh, ich meine Dachziegeln, sind besonders bei Sonnenschein wunderschön."

Der Versprecher der Türmerin ließ Lars aufhorchen. Blauer Stein! Ihm wurde gleichzeitig kalt und warm. Der blaue Stein! Hastig tastete er in seine Hosentasche. Darin befand sich tatsächlich noch der blaue Stein, der mit der Schriftrolle zusammen in der Vertiefung gelegen hatte. Plötzlich hatte es Lars unheimlich eilig. Tore und Milo wunderten sich und auch die Türmerin war etwas überrascht.

„Ihr kommt mich aber bestimmt wieder besuchen, hört ihr?", lächelte sie.

„Bestimmt!", versprach Lars, „aber jetzt müssen wir wirklich los. Das Mittagessen, wir müssen zum Mittagessen, verstehen Sie? Meine Eltern warten schon."

Die Türmerin nickte und meinte, dass die Jungen ihr schließlich keine Rechenschaft ablegen müssten. Das sei schon in Ordnung. Kinder hätten es immer eilig, lächelte sie.

Im Sauseschritt fegte Lars die Stufen hinunter. Er beeilte sich zwar, hatte aber immer den Blick nach vorne gerichtet, ob der junge Mann wieder aufgetaucht war. Tore und Milo folgten ihm und mussten schwer schnaufen.

„Sag mal, geht es noch ein bisschen schneller?", schimpfte Tore.

„Was ist denn in dich gefahren?", wollte Milo wissen und blieb kurz stehen, um Luft zu holen.

Lars rannte weiter und deutete mit einem kurzen »Kommt!« an, dass sich seine Cousins beeilen sollten.

Am Ausgang erwartete Lars die beiden, die völlig außer Atem aus dem Turm kamen.

„Kannst du uns jetzt bitte erklären, was los ist?", forderte Tore.

„Gerne", nickte Lars, „aber nicht hier. Wir suchen uns ein sicheres Plätzchen."

„Wieso ein sicheres Plätzchen?", wunderte sich Milo.

Lars führte die beiden durch die Bad Wimpfener Altstadt hinunter zum Neckar. Dort setzte er sich auf einen Stein am Ufer und steckte beide Hände in die Hosentasche. Tore und Milo stellten sich ihm gegenüber und schauten ihn fragend an.

„Milo", lächelte Lars, „du bist ein Held!"

„Wie bitte?", wunderte sich Milo.

„Milo, ein Held?", wunderte sich auf Tore, „wie kommst du da drauf?"

„Na, Milo hat doch gefragt, woher der blaue Turm seinen Namen hat", antwortete Lars, „und als die Türmerin statt »Dachziegel« versehentlich »blaue Steine« gesagt hat, da ist es mir wieder eingefallen. Ich bin echt ein Trottel, dass ich das vergessen hatte."

„Was denn?", fragte Tore.

„Von was redest du bitteschön?", wollte Milo wissen.

Lars kramte in der Hosentasche nach dem blauen Stein und forderte ihn zutage.

„Der hier", erklärte Lars, „der hier ist auch in dem kleinen Versteck gewesen. Er hat neben der Schriftrolle gelegen. Ich muss ihn unbewusst in die Hosentasche gesteckt haben. Und da habe ich ihn dann wohl auch vergessen."

„Was ist das für ein Stein?", fragte Milo und betrachtete das Fundstück ganz genau.

„Zeig mal!", forderte Tore und griff nach dem Stein.

Lange wiegte er ihn hin und her, hielt ihn gegen die Sonne, rieb ihn an seinem Shirt und gab ihn Lars zurück.

„Der ist doch nichts wert", überlegte Tore, „was soll der bringen?"

„Ich habe keine Ahnung, ob er etwas wert ist", meinte Lars, „aber umsonst hat er nicht in dem Versteck gelegen. Ich bin absolut sicher, dass unser dieser Stein ans Ziel führt. Absolut!"

Auf Spurensuche

Zuhause auf Schloss Neuburg wurde der Stein gründlich untersucht. Lars hatte ihn mit einer rauen Bürste unter klarem Wasser abgespült und sauber geschrubbt. Sorgfältig trocknete er ihn ab und brachte ihn zurück in sein Zimmer.

„Jetzt werden wir den Stein genau untersuchen", schlug Tore vor, „wer weiß, vielleicht ist er richtig wertvoll."

„Glaubst du das ernsthaft?", fragte Milo verwundert.

„Es ist zumindest nicht auszuschließen", antwortete Lars, „wieso sonst sollte jemand einen Stein dieser Art in dieses Versteck legen?"

„Vielleicht ist das nur ein Dekostein", überlegte Milo, „einfach nur, um das Schriftstück zu beschweren."

„Glaube ich nicht", schüttelte Lars den Kopf, „warum sollte jemand die Schriftrolle beschweren wollen? Das macht doch gar keinen Sinn. Ich meine, wegfliegen kann das Papier schlecht und die Fliese, die das Versteck verdeckte, dürfte wohl schwer genug sein."

„Außerdem gab es Dekosteine dieser Art zu der damaligen Zeit sicher noch nicht", merkte Tore an.

„Das denke ich auch", nickte Lars, „immerhin müsste der Stein mit dem Papier schon weit über einhundert Jahre in dieser Vertiefung liegen."

Lars wiegte den Stein in seiner Hand. Er fühlte sich nicht besonders leicht, aber auch nicht besonders schwer an. Ein ganz normaler Stein eigentlich. Tore schnappte sich das Fundstück ebenfalls und knetete es in seiner Hand. Auch er konnte nichts Besonderes an dem Stein finden. Zuletzt bekam ihn Milo. Er streichelte ihn an verschiedenen Stellen und versuchte, mit den Fingernägeln Kerben zu ritzen. Doch dafür war der Stein zu hart.

„Ich habe eine Idee", fiel Lars plötzlich ein, „gib den Stein mal kurz. Ich will etwas probieren."

Lars schnappte sich den Stein, ging damit zu seinem Schreibtisch und knipste die Schreibtischlampe an. Anschließend hielt er den Stein direkt ins Licht.

„Boah", rief er, „guckt mal, wie der glänzt und glitzert."

Tore und Milo kamen zu Lars und schauten sich das Ergebnis an.

„Wahnsinn", freute sich Tore.

„Ob der vielleicht doch wertvoll ist?", wollte Milo wissen.

„Wir könnten jemanden fragen, der sich mit so etwas auskennt", überlegte Tore, „gibt es hier in der Nähe einen Juwelier?"

„In Obrigheim nicht, aber in Mosbach gibt es sicherlich einen", antwortete Lars, „wird aber bestimmt peinlich, wenn das ein einfacher Kieselstein ist."

„Dann können ja Milo und ich uns darum kümmern", meinte Tore, „uns kennt hier niemand."

Milo rümpfte die Nase, aber er wollte ausnahmsweise kein Spielverderber sein.

„Das ist eine gute Idee", lobte Lars, „dann sollten wir uns gleich darum kümmern."

In diesem Moment vibrierte das Handy von Lars in seiner Hosentasche. Schnell förderte er es zutage und entsperrte das Display. Im linken oberen Eck konnte er erkennen, dass er eine Nachricht erhalten hatte.

„Das ist eine Nachricht von Peters Mutter", freute sich Lars.

„Was ist?", fragte Tore ungeduldig, „gibt es etwas Neues?"

Lars las die Nachricht schnell durch und bei jedem Wort, das er las, wurde sein Lächeln größer.

„Das ist ja cool", lächelte er.

„Was ist?", fragte Tore erneut, „geht es Peter besser?"

„Ist er wieder gesund?", wollte Milo gleich wissen.

„Peter geht es zumindest etwas besser, schreibt sie", erzählte Lars, „ich darf ihn sogar besuchen. Wenn ich will, gleich heute. Das ist ja wirklich klasse."

„Worauf wartest du dann noch?", freute sich Tore.

„Aber ich kann euch doch jetzt nicht einfach hier alleine lassen", überlegte Lars, „mitnehmen wird schwierig. Zu viele Leute sind sicher nicht so gut und außerdem kennt euch Peter doch gar nicht."

„Aber das ist doch kein Problem", schlug Tore vor.

„Genau", stimmte Milo zu, „wir können doch einfach hier auf dich warten. Uns wird bestimmt nicht langweilig."

„Wir brauchen gar nicht hier zu warten", erklärte Tore, „wir nutzen die Gelegenheit und besuchen den Juwelier."

„Das ist eine prima Idee", freute sich Lars, „während ich Peter besuche, habt ihr jede Menge Zeit, in Mosbach nach einem Juwelier zu suchen."

Lars blickte auf die Uhr und nickte seinen beiden Cousins zu.

„Die Geschäfte haben noch eine Weile geöffnet", sagte Lars, „wir machen uns am besten gleich auf den Weg. Ich frage nur eben, ob uns jemand fahren kann."

Im Nu hatte Lars das Zimmer verlassen und kam nur wenige Augenblicke später wieder zurück.

„Macht euch fertig, Jungs, Philipp fährt uns", triumphierte Lars, „und Jungs, noch etwas: zu niemandem ein Wort wegen des Steins. Vorerst sollte das unser Geheimnis bleiben. Egal, ob er wertvoll ist, oder nicht."

„Aber was machen wir, wenn uns der Juwelier fragt, woher wir diesen Stein haben?", überlegte Milo.

„Wenn der Stein wertlos ist, wird er uns das sicher nicht fragen", rollte Tore die Augen, „du machst dir wieder in die Hosen, dabei ist noch gar nichts passiert."

„Falls er fragt", schlug Lars vor, „müsst ihr euch eben etwas einfallen lassen."

„Du machst Witze", brummte Milo.

Nur wenige Minuten später steuerte Philipp Onkel Alberts Wagen aus dem Schlosshof. Lars schnappte sich sein Handy und gab Peters Eltern Bescheid, dass er auf dem Weg zu ihnen war. Die Antwort der Eltern ließ nicht lange auf sich warten. Philipp fuhr zuerst nach Mosbach und ließ Tore und Milo direkt an der Fußgängerzone aussteigen.

„Du richtest Peter liebe Grüße von uns aus", befahl Tore, „hast du gehört? Aber nicht vergessen."

„Wir melden uns, sobald wir etwas herausgefunden haben", ergänzte Milo.

„Ich drücke euch ganz fest die Daumen", sagte Lars.

Tore schlug die Wagentür zu, nachdem er und Milo sich von Philipp verabschiedet hatten. Dann sausten Tore und Milo in Richtung Fußgängerzone in Mosbach.

Philipp brachte Lars auf dem schnellsten Weg nach Bad Wimpfen.

„Was suchen denn deine Cousins in Mosbach?", wollte Philipp wissen.

„Wieso?", fragte Lars überrascht.

„Na, weil sie gesagt haben, dass sie sich melden, sobald sie etwas herausgefunden haben", erklärte Philipp.

Mist! Beinahe hätten sie sich verraten, ging Lars durch den Kopf.

„Ähm, ach so", stotterte er, „sie wollen einfach nur, also sie haben überlegt, dass sie. Naja, eigentlich haben sie…"

Auf die Schnelle wollte Lars einfach nichts einfallen. Zu seinem Glück kamen sie in diesem Augenblick an ein paar Plakaten vorbei, auf denen Veranstaltungen rund um Mosbach angekündigt wurden. Diese kamen wie gerufen. Lars lächelte und kurzerhand kam ihm der rettende Einfall.

„…sie haben nur nachfragen wollen, was man alles hier in der Gegend unternehmen kann", erklärte Lars schnell.

„Die haben recht, die beiden", lobte Philipp, „es tut dir sicher gut, wenn sie dir helfen, dich ein bisschen abzulenken."

Uff! Gerade nochmal gut gegangen, dachte Lars und atmete tief durch.

Bald hatten Philipp und Lars ihr Ziel erreicht und Philipp steuerte den breiten Wagen durch die engen Gassen der Stadt Bad Wimpfen. In der Nähe des blauen Turms hielt Philipp an. Lars wollte gerade aussteigen, als sein Blick auf den Eingang des Bauwerks fiel. War das nicht schon wieder der komische Kerl da drüben? Kurze Zeit blieb Lars noch sitzen.

„Was ist?", fragte Philipp überrascht.

„Nichts", log Lars, „ich habe nur gerade überlegt, ob ich alles habe."

Der Typ am blauen Turm war inzwischen in das Innere des Turms verschwunden. Lars verabschiedete sich schnell von Philipp und huschte zu Peters Haus. Dort musste der Junge nicht einmal klingeln, da Peters Eltern bereits auf ihn warteten.

„Schön, dass du da bist", freute sich Peters Mutter.

„Kommt jetzt, steigt endlich ein", drängelte Peters Vater, „lasst uns fahren. Peter wartet sicher schon."

Auch wenn es noch nicht lange her war, dass Lars Peter gesehen hatte, kam es ihm wie eine Ewigkeit vor. Tausend Fragen schossen Lars durch den Kopf. Wie geht es Peter? Haben die Ärzte etwas gefunden, um ihm zu helfen? Wird er vielleicht wieder gesund ohne die Operation? Die Aufregung in Lars stieg. Er konnte es kaum erwarten, seinen besten Freund besuchen zu können. Die Fahrt in die Kinderklinik kam Lars wie eine halbe Weltreise vor. Peters Eltern mussten ihn immer wieder vertrösten, dass es nicht mehr weit sei. Als sie endlich den Parkplatz der Klinik erreicht hatten, gab es für Lars kaum ein Halten mehr. Auf dem Weg zu Peter erklärten ihm die Eltern, worauf er zu achten hatte. Lars war gar nicht in der Lage, sich das alles zu merken. Er wollte einfach nur seinen Freund wiedersehen. Die Ärzte empfingen Peters Eltern und Lars direkt vor dem Krankenzimmer des Jungen.

„Normalerweise haben Kinder auf der Intensivstation absolut nichts verloren", erklärte der Mediziner, „aber in diesem Fall werden wir zum Wohle des Patienten eine Ausnahme machen."

Eine Krankenschwester reichte den Eltern und Lars jeweils eine spezielle Jacke, in die sie schlüpfen mussten. Weiter mussten sie Handschuhe anziehen, einen Mundschutz anbringen und eine Haube auf den Kopf setzen. Es sei unheimlich wichtig, dass sich Peter keine Keime oder Bakterien einfange, erklärten die Krankenschwestern. Die Aufregung in Lars verwandelte sich ein bisschen in Angst. Ging es Peter wirklich so schlecht?

Erst nachdem alle die Schutzkleidung richtig angezogen hatten, durften sie durch eine Art Schleusentür in Peters Zimmer. Als Peter seinen Freund sah, lächelte er sofort. Lars lächelte zurück. Aber sein Lächeln war eher gespielt, denn der Anblick des Zimmers jagte dem Jungen etwas Furcht ein. Überall standen Messgeräte und verschiedene Töne waren zu hören. Peter war an zahlreichen Geräten angeschlossen, die alles Mögliche überprüften. Herzschlag, Puls, Blutdruck – einfach alles wurde kontrolliert.

„Hallo Lars", begrüßte Peter seinen Freund mit leiser Stimme und streckte ihm die Hand entgegen.

„Wie geht es dir, Peter?", fragte Lars verlegen.

Wie sollte es jemand gehen, der hier auf der Intensivstation liegt, von allen möglichen Geräten überprüft wird und nicht aufstehen darf? Doofe Frage!

„Mir ist es schon besser gegangen", lächelte Peter unter großer Anstrengung.

„Die Ärzte kümmern sich rührend um Peter", lenkte Peters Mutter ab, „ihr werdet sehen, Peter wird wieder ganz gesund."

Lars nickte und wünschte sich nichts sehnlicher, als dass Peters Mutter Recht behielt.

„Davon gehen wir alle aus", bestätigte Peters Vater, „nicht wahr, Peter?"

„Lars hilft mir doch, oder?", fragte Peter und schaute zu Lars, „du hilfst mir doch. Das hast du versprochen."

„Ich habe es versprochen", antwortete Lars mit einem Kloß im Hals, „und mein Versprechen halte ich garantiert ein. Darauf kannst du echt wetten."

Peter nickte leicht und schloss dann die Augen. Er war eingeschlafen. Lars quälte der dicke Kloß im Hals. Im Moment konnte er nicht schlucken. Peters Eltern deuteten ihm an, das Zimmer zu verlassen. Lars folgte nur widerwillig. Wie gerne wäre er bei Peter geblieben, um einfach nur bei ihm zu sein.

Vor Peters Zimmer mussten sie die Schutzkleidung ausziehen und in einen blauen Müllsack werfen. Dann konnten sie die Intensivstation wieder verlassen.

„Ich denke, es ist ganz wichtig für Peter gewesen, dass du da warst", meinte Peters Mutter.

„Das habe ich doch gerne getan", antwortete Lars, „ich tue alles dafür, dass Peter wieder gesund wird."

„Die Ärzte hier und auch wir werden ebenfalls alles tun", bestätigte Peters Vater, „das darfst du uns glauben."

„Aber ohne diese Operation", schluchzte Peters Mutter.

„Wir werden mit Sicherheit eine Lösung finden", beruhigte sie ihr Mann, „verlass' dich drauf."

„Gibt es denn eine Möglichkeit?", interessierte auch Lars.

„Wir haben alle Hebel in Bewegung gesetzt", erklärte Peters Vater, „ein Spendenaufruf durch die Tageszeitungen, ja sogar im Fernsehen haben sie von Peters Fall berichtet. Das Geld, das inzwischen zusammengekommen ist, wird aber leider nicht reichen. Uns läuft etwas die Zeit davon. Es muss leider bald etwas geschehen."

„Sehr bald", korrigierte Peters Mutter.

Diese Nachricht schockierte Lars zusätzlich. Sollte er den Eltern von den Fundstücken erzählen? Oder war es noch zu früh? Nachher würde das alles völlig wertlos sein, und dann? Dann hätten sich alle Hoffnung gemacht und das völlig umsonst. Nein, er musste schweigen, so schwer es ihm in diesem Augenblick fiel. Oh Mann, wie gerne hätte er genau jetzt gesagt, dass sie etwas Wertvolles gefunden hätten und bald die Operation bezahlen könnten. Wie gerne, aber das war zu diesem Zeitpunkt mehr ein Traum als Wirklichkeit.

„Wir müssen nur an Peter glauben", erklärte Peters Vater, „kommt jetzt. Wir gehen wieder zum Auto zurück."

Peters Eltern und Lars verließen das Krankenhaus und marschierten in Richtung Auto. Lars schaltete sein Handy wieder ein, das er vor Betreten der Klinik ausgeschalten hatte. Es dauerte unendlich lange, bis das Telefon betriebsbereit war. Lars hoffte so sehr, eine gute Nachricht von seinen Cousins zu bekommen. Vielleicht war der gefundene Stein am Ende doch ein Edelstein und sehr viel wert. Ach, wie wäre das toll! Inzwischen hatten die Eltern den Wagen erreicht. Lars blieb kurz vor dem Fahrzeug stehen und freute sich über den Eingang einer Nachricht. Sie war von Tore. Aufgeregt tippte er die Nachricht an und überflog sie. Er konnte kaum fassen, was da stand.

Peters Vater stellte sich neben Lars und legte seinen Arm auf Lars' Schulter.

„Du wirst sehen", tröstete er Lars, „Peter wird das schaffen."

Lars hatte die Nachricht zu Ende gelesen und sah Peters Eltern lächelnd an.

„Peter wird das schaffen", sagte Lars bestimmend, „und ich weiß auch schon wie!"

Es wird ernst

„Schließt die Türe und dann erzählt endlich", forderte Lars, der sein Zimmer zuerst betrat.

Tore und Milo folgten ihm und schlossen sorgfältig die Tür hinter sich. Dann nahmen alle drei auf dem Bett Platz. Lars konnte die Spannung kaum ertragen.

„Jetzt erzählt schon", drängte er.

„Milo und ich sind zu dem Juwelier gegangen, den du uns empfohlen hast", begann Tore zu erzählen, „wir haben ihm den Stein gezeigt und er hat zuerst gezweifelt."

„Er hat sofort gefragt, woher wir ihn haben", ergänzte Milo schnell.

„Was habt ihr gesagt?", wollte Lars wissen, „ihr habt hoffentlich nichts verraten."

„Tore hat ihm erzählt, dass uns Onkel Albert geschickt hat", lächelte Milo, „der Juwelier kennt deinen Vater und hat doch glatt geglaubt, dass wir den Stein ganz zufällig auf dem Dachboden gefunden haben. Onkel Albert, hat Tore erzählt, hat behauptet, dass das ein ganz einfacher Deko-Stein ist. Und dann hat Tore dem Juwelier erzählt, dass uns Onkel Albert gesagt hat, wir sollen uns ruhig bei einem Juwelier blamieren. Der hat vielleicht komisch geguckt. Aber das ist uns egal gewesen."

„Und dann?", fragte Lars ungeduldig, „was ist dann geschehen? Warum habt ihr geschrieben, dass ihr die Lösung für Peter habt und der Stein sehr wertvoll ist?"

„Der Mann hat den Stein hundertmal angesehen und geprüft", erzählte Tore weiter, „sogar mit einer Lupe hat er ihn untersucht. Dann ist er nach hinten in einen Raum gegangen und hat dort weitere Untersuchungen gemacht. Als er wiedergekommen ist, hat er uns das Ergebnis präsentiert."

„Der war richtig blass", grinste Milo.

„Und was ist das nun für ein Stein?", forderte Lars erneut.

„Dieser Stein", sagte Tore und hielt ihn hoch, „ist ein waschechter Saphir."

„Ein was?", rief Lars laut.

„Ohne Witz", meinte Tore, „das hier ist ein echter Saphir. Zwar ungeschliffen und damit noch nicht richtig in Form gebracht, aber es ist ein Saphir."

„Und der Mann hat gemeint, dass er locker zwanzig- bis vierzigtausend Euro wert ist", fügte Milo hinzu.

„Ihr macht Witze", sagte Lars fassungslos.

„Nein, mein Lieber, das sind keine Witze", schüttelte Tore den Kopf."

„Vierzigtausend Euro?", schluckte Lars, „das reicht locker für Peter. Das müssen wir sofort seinen Eltern sagen."

„Nicht so hastig, Lars", beruhigte ihn Tore, „wir müssen trotz aller Eile besonnen an die Sache rangehen."

„Tore hat Recht", nickte Milo, „wenn wir den Stein so abgeben, ist er fast wertlos für Peter. Wir müssen wirklich genau überlegen, was wir tun."

„Wenn deine Zeichnung stimmt", vermutete Tore, „könnten im Turm noch weitaus mehr Steine sein."

„Aber Peter", drängelte Lars, „jede Minute zählt."

„Das wissen wir, Lars", meinte Tore, „trotzdem gilt, dass wir unser Hirn benutzen, um Peter wirklich helfen zu können."

„Haben wir irgendwie eine Chance in der Nähe des Turms zu übernachten?", wollte Milo wissen, „dann haben wir bessere Möglichkeiten, nach weiteren Steinen zu suchen."

Lars beruhigte sich nur langsam. Am liebsten hätte er den Stein direkt beim Juwelier gegen das Geld eingetauscht. Dann wäre er zu Peters Eltern gefahren und hätte ihnen das Geld gebracht.

„Ich kann Peters Eltern fragen", meinte Lars ruhig, „vielleicht können wir bei ihnen bleiben."

„Das wäre eine tolle Idee", lobte Milo.

„Peter wohnt ja fast neben dem Turm", sagte Tore.

In diesem Moment meldete sich das Handy von Lars. Sofort zog er es aus der Tasche und freute sich über eine Nachricht von Peters Eltern. Schnell las er alles durch und atmete tief durch.

„Peter geht es etwas besser", rief er, „er würde sich freuen, wenn ich ihn besuchen käme. Am besten rufe ich gleich an und frage, ob wir bei ihnen wohnen können."

Das Telefonat dauerte nicht lange und Peters Eltern waren mit der Idee einverstanden. Ein bisschen Abwechslung würde ihnen sicher guttun, meinte Peters Mutter. Lars hatte ihnen erklärt, dass sie einer ganz wichtigen Sache auf der Spur wären, die vielleicht Peter retten könnte. Auch wenn sie zu dritt kämen, erklärte er, würden sie sich absolut vorbildlich verhalten.

In weniger als einer halben Stunde waren die drei Freunde auf dem Weg nach Bad Wimpfen, ausgestattet mit allem, was sie für ihre Mission benötigten. Peters Mutter führte sie in Peters Zimmer und hatte schon ein paar Matratzen vorbereitet. Lars fragte mehrmals nach, ob das auch wirklich keine Umstände mache. Er erklärte aber auch, dass alles nur für Peter sei. Peters Eltern versicherten den Jungen, dass es ihnen überhaupt nichts ausmache und sie sich sogar über ein bisschen Leben im Haus freuen würden. Tore, Milo und Lars richteten sich in Peters Zimmer ein und machten sich dann auf den Weg zum blauen Turm. Für Lars war es nicht einfach, in Peters Zimmer zu wohnen, ohne dass sein Freund anwesend war.

„Wir müssen versuchen, den Turm alleine zu untersuchen", schlug Tore vor, während sie den Turm fast erreicht hatten.

„Ich habe da schon eine Idee", überlegte Lars und blieb stehen.

„Und die wäre?", fragte Milo.

„Die Türmerin wohnt ja da oben", erklärte Lars, „sie verlässt die Wohnung eigentlich recht selten. Von meinen Besuchen mit Peter weiß ich, dass sie die letzten Gäste immer bittet, unten die Haupttüre zu schließen. Peter und ich haben das schon ein paar Mal gemacht. An der Seite ist eine Sprechanlage und wenn wir die Tür dann geschlossen haben, hat Peter über die Sprechanlage Bescheid gesagt."

„Gute Idee", nickte Tore, „wir bleiben einfach solange im Turm, bis wir die letzten Besucher sind."

„Und wenn uns die Türmerin bittet", ergänzte Milo, „dann werden wir die Tür schließen, aber..."

„...aber von innen", grinste Lars verschmitzt.

„Dann haben wir genügend Zeit", lächelte Tore.

Tore, Milo und Lars fanden ihren Plan klasse. Erhobenen Hauptes erreichten sie den Turm und stiegen die zahlreichen Treppenstufen nach oben. Der Plan musste klappen und wenn genügend Saphire gefunden waren, konnte Peter gerettet werden. Die Türmerin empfing die Kinder an ihrer Wohnungstür und lud sie gleich ein. Tore, Milo und Lars nahmen an dem kleinen Tisch Platz und Frau Behnert brachte ihnen etwas zu trinken.

„Wie geht es Peter?", wollte sie sofort wissen.

„Seine Eltern haben mir gesagt, dass es ihm heute etwas besser geht", erklärte Lars.

„Heißt denn der blaue Turm schon immer so?", wollte Milo wissen.

„Warum er so heißt, habe ich euch ja schon erklärt", lächelte Frau Behnert, „aber seit wann er so heißt? Keine Ahnung! Ich würde fast sagen, schon immer. Aber sicher weiß ich das auch nicht. So richtig eingeprägt hat sich der Name glaube ich erst, als dieser Adalbert Teschner hier Türmer gewesen ist. Doch wie gesagt, dass ist nicht wirklich eine gesicherte Information."

Lars tippte seine Cousins unter dem Tisch mit dem Fuß leicht an. Diese Information passte haargenau zu dem, was Tore, Milo und Lars vermutet hatten. Adalbert Teschner war derjenige Türmer, der den Saphir hier versteckt hatte. Dass er dem blauen Turm diesen Namen gegeben hatte, war nicht weiter verwunderlich.

Immer wieder blickte Lars auf die Uhr. Die Türmerin begann inzwischen, die Tageseinnahmen zu zählen und in ein kleines Buch einzutragen.

„Kommt heute niemand mehr?", fragte Milo neugierig.

„Ich glaube nicht", schüttelte die Türmerin den Kopf, „in ein paar Minuten ist ja offiziell geschlossen. Ach Kinder, da fällt mir ein, könntet ihr nachher unten die Tür kräftig zuziehen und vielleicht auch das Schild ins Treppenhaus legen, auf dem »geöffnet« steht?"

Tore, Milo und Lars nickten.

„Du kennst das ja", sagte Frau Behnert in Lars' Richtung, „kannst du mir unten über die Sprechanlage Bescheid geben, wenn alles verriegelt ist? Dann kann ich von hier oben aus das Licht ausknipsen."

Licht ausknipsen? Milo erschrak unmerklich. Zum Glück erinnerte er sich schnell daran, dass Lars vorsorglich ein paar Taschenlampen eingepackt hatte.

„Haben Sie denn gar keine Angst hier oben?", wollte Milo wissen, „ich meine, hören Sie das, wenn jemand kommt?"

„Du bist lustig, mein Junge", lachte Frau Behnert, „wenn unten verschlossen ist, kommt ja niemand rein. Und falls doch, höre ich ihn spätestens, wenn er am Bewegungsmelder vorbeikommt. Der funktioniert auch, wenn das Licht aus ist."

Jetzt war es Lars, der innerlich erschrak. Der Bewegungsmelder. Stimmt, den hätte er fast vergessen. Zu weit nach oben durften sie später nicht kommen. Aber laut der Striche auf der Karte müssten sie ohnehin in der Mitte des Turmes suchen.

„Ich denke, wir werden jetzt gehen", überlegte Lars.

„Wie ihr wollt", antwortete die Türmerin, „ihr dürft aber auch gerne noch ein bisschen bleiben."

„Nein, nein", stimmte Tore zu, „ich denke, wir sollten jetzt los."

„Es ist wieder sehr schön bei Ihnen gewesen", merkte Milo an.

„Das ist nett, mein Junge", lobte die Türmerin.

Lars erhob sich und seine Cousins folgten ihm zur Türe. Sie verabschiedeten sich von Frau Behnert, die die Jungen noch einmal an die Tür erinnerte. Mit klopfendem Herzen stiegen sie den Turm hinab. Unten angekommen betätigte Lars die Sprechanlage und sagte der Türmerin, dass alles verriegelt war. Frau Behnert bedankte sich und noch ehe Tore, Milo und Lars die schwere Tür von innen verriegelt und das Schild abgelegt hatten, erlosch das Licht. Es war stockdunkel. Milo bekam es ein wenig mit der Angst zu tun.

„Macht die Taschenlampen an und dann gehen wir leise nach oben", flüsterte Lars.

„Müssen wir wirklich flüstern?", fragte Milo, „die Türmerin hört uns doch sowieso nicht."

„Sicher ist sicher", wusste Lars.

Lars stattete seine Cousins mit Taschenlampen aus. Es wurde gespenstisch hell, als die kleinen Lampen leuchteten. Milo war mulmig zumute. Peters Rettung hätte er sich nicht so gruselig vorgestellt. Bald erreichten sie die Stelle, an der früher der Eingang gewesen sein musste. Lars leuchtete auf die Stelle und zeigte auf ein Schild. »Aborterker« stand da geschrieben und Lars wusste, dass hier wohl auch einmal eine Toilette gewesen sein müsste. Sofort begannen die drei Jungen die Stelle genau zu untersuchen. Vorsichtig klopfte Lars die Wand mit der Taschenlampe ab, während Tore und Milo Licht spendeten. Egal wo Lars klopfte, die Wand hörte sich dumpf und massiv an. Lars gab nicht auf. Er erweiterte den Kreis seiner Suche und klopfte unaufhörlich gegen die Wand. Nichts! Langsam bewegte sich Lars wieder in Richtung der Öffnung, als sein

Klopfen plötzlich einen völlig anderen Klang auslöste. Tore, Milo und Lars erschraken kurz.

„Hier müsste es sein", vermutete Lars.

Er zog einen kleinen Hammer aus seiner Jackentasche und begann vorsichtig die Stelle genauer zu bearbeiten. Nur wenige Schläge waren nötig und immer mehr Putz fiel zu Boden. Im Nu hatte Lars eine beachtlich große Stelle freigeklopft. Immer tiefer drang Lars ins Mauerwerk vor. Das Gestein war sehr locker und bröckelte bei jedem Hammerschlag weiter ab. Die Aufregung stand den drei Jungen ins Gesicht geschrieben. Alle warteten gespannt darauf, was passieren würde. Behutsam arbeitete Lars weiter. Dann geschah es. Ein weiterer Schlag mit dem Hammer durchbrach die Wand und gab einen Hohlraum frei.

„Geschafft!", freute sich Lars, „dahinter ist tatsächlich ein Hohlraum."

„Das ist ja der Wahnsinn", jaulte Milo, „mach weiter!"

Lars konnte eine immer größere Öffnung freilegen und sogar bald mit der Hand in den Hohlraum greifen. Tore und Milo standen wie angewurzelt neben ihrem Cousin und wagten kaum zu atmen.

„Hier, nimm mal eben den Hammer", forderte Lars Tore schnell auf, „ich werde einmal versuchen, in den Hohlraum zu greifen und ihn von innen abzutasten. Vielleicht finde ich etwas Interessantes."

Tore nahm den Hammer entgegen und stellte ihn auf den Boden, ohne den Blick von dem Hohlraum zu lassen.

Langsam verschwand die Hand von Lars in der Öffnung.

„Hast du etwas gefunden?", drängelte Milo.

„Noch nicht", antwortete Lars, „warte! Hier ist etwas."

Tore und Milo hielten die Luft an. Lars konnte tatsächlich etwas fühlen. Es war weich und hinter dieser weichen Schicht waren mehrere spitzkantige Dinge. Steine vielleicht? Lars wusste es noch nicht. Offenbar war es irgendwie ein Säckchen. Vorsichtig versuchte Lars, es mit der Hand zu umfassen. Ja, es fühlte sich an wie ein kleines Säckchen aus weichem Stoff. Der Junge konnte es nehmen und vorsichtig aus dem Loch ziehen. Wenn das wirklich weitere Saphire waren, ging Lars durch den Kopf, dann ist Peter vielleicht gerettet. Wie schön das wäre. Inzwischen hatte Lars das Säckchen aus dem Loch gezogen und hielt es in der Hand.

„Hammerhart!", rief Tore.

„Wahnsinn", meinte Milo, „mach' es mal auf. Ich will unbedingt wissen, was da drinnen ist. Beeil dich!"

„Langsam", bremste Lars, „ich muss zuerst den Knoten hier lösen."

Vorsichtig, als könnte der Inhalt gleich explodieren, knotete Lars das Säckchen auf. Den Inhalt ließ er sich auf die Hand rutschen. Tore, Milo und

Lars betrachteten das Ergebnis und vergaßen dabei zu atmen.

„Das sind….", stotterte Tore.

„…eine ganze Menge…", schluckte Milo.

„…Saphire", grinste Lars, „ich werd' verrückt."

Tatsächlich! In der Hand von Lars lagen mindestens zehn Saphire. Sie waren ungeschliffen und sahen fast so aus, als wären es ganz normale Steine. Aber die Ähnlichkeit mit dem Stein, den Lars bei seinem Besuch mit Peter gefunden hatte, war zu ähnlich, als dass sie sich täuschen konnten.

„Jetzt wird mir alles klar", fiel es Lars ein, „ich habe im Internet geschaut, was in den drei Ländern so Besonderes gewesen sein könnte. Da ist tatsächlich etwas über Saphire erwähnt worden. Ich habe das als »uninteressant« abgetan. Das ist die Lösung."

„Du hast doch erzählt", erinnerte sich Tore, „dass dieser Adalbert Teschner in diese verschiedenen Länder gereist ist. Er wird sich von den Reisen die Steine mitgebracht und hier versteckt haben."

„Der Brand ist ihm damals vielleicht wirklich gelegen gekommen", ergänzte Lars, „er hat diese doppelte Haut des Turmes genutzt, um ein sicheres Versteck für die Saphire zu finden."

„Und sicherheitshalber hat er den Hinweis im Boden versteckt", kombinierte Tore, „dass seine Nachfahren auf jeden Fall auf sein Versteck kommen."

„Intelligenter Bursche, dieser Teschner", lächelte Milo.

„Aber dass er mit seinem Schatz einem Jungen vielleicht das Leben rettet", meinte Lars, „damit hat er bestimmt nicht gerechnet."

„Garantiert nicht", lächelte Tore erleichtert.

„Und was machen wir jetzt?", wollte Milo wissen.

„Ich würde vorschlagen, dass Milo und ich nach oben gehen und nachschauen, ob die Türmerin auch wirklich nichts mitbekommen hat. Bis zum Bewegungsmelder können wir schleichen. Ich weiß ja genau, wo der hängt", schlug Lars vor, „und du, Tore, könntest versuchen, das Loch einigermaßen zu verschließen, damit niemand Verdacht schöpft."

Gesagt, getan! Lars ließ den Schatz in seiner Jackentasche verschwinden und machte sich mit Milo auf den Weg nach oben. Tore begann sofort damit, das Loch einigermaßen zu verschließen. Ihm schossen tausend Dinge durch den Kopf, weshalb er nicht mitbekam, als plötzlich jemand hinter ihm auftauchte. Völlig überrascht schrie er kurz auf, als ihn der Unbekannte von hinten packte und ihm sofort den Mund zuhielt. Der Schrei war zwar kurz, aber laut genug, dass Lars und Milo ihn hören konnten.

„Mist, was war das?", erschrak Lars und hielt Milo zurück.

Das hätte er nicht tun müssen, denn Milo blieb ganz von alleine vor Schreck stehen.

„Bleib du hier bei der Kurbel stehen, Milo", schlug Lars schnell vor, „hier bist du noch außerhalb des Bewegungsmelders. Ich sehe nach, was passiert ist. Im Notfall holst du die Türmerin."

Milo wagte nicht zu widersprechen. Er blieb reglos stehen, nickte nur kurz und sah, wie Lars die Treppenstufen hinunterschlich.

Bald hörte Lars Geräusche eines Kampfes. Was spielte sich da ab? Wer war das? Im Turm konnte doch niemand gewesen sein. Lars schlich leise weiter. Ohne Licht war es schwierig, nicht zu stolpern. Endlich erreichte er die Ebene, auf der sie den Hohlraum gefunden hatten. Tores Taschenlampe lag am Boden und spendete nur wenig Licht. Lars konnte erkennen, dass Tore in der Gewalt eines Mannes war. Er wehrte sich heftig, doch der Mann war stärker. Wie gerne hätte Lars seinem Cousin geholfen, aber es war wohl besser, den nächsten Schritt genauestens zu überlegen. Schemenhaft konnte er den Mann erkennen. Wer war das? Da fiel Lars der Lastenaufzug ein. Wenn es ihm gelingen würde, den Mann zu überraschen, ihn auf die Plattform zu werfen, dann könnte Milo den Aufzug nach oben kurbeln und den Mann damit außer Gefecht setzen. Aber ob das wirklich klappen würde? Lars hatte keine Ahnung, aber es schien die einzige Möglichkeit zu sein. Nicht aufgeben, Tore! Lars hoffte, dass Tore weiter kämpfte. Nur so war der Mann abgelenkt genug. Konzentriert brachte sich Lars in Position, schlich die letzten Treppenstufen nach unten und fixierte die beiden Kämpfer. In dem Moment, als der Mann mit dem Rücken zum Lastenaufzug stand, schoss Lars aus dem Versteck direkt auf Tore und den Mann zu und stieß beide um. Tore kam ins Schlingern und auch der Mann kippte weg. Unter dem Gewicht der beiden Jungen ging der Mann zu Boden. Ein dumpfer Schlag deutete an, dass der Kerl wohl mit dem Kopf aufgeschlagen war. Lars war sofort wieder auf den Beinen und zog seinen Cousin hoch. Der Mann bewegte sich nicht. Er lag genau auf der Plattform.

„Ist er tot?", fragte Tore und atmete schwer.

„Quatsch", wusste Lars und zog sein Handy aus der Tasche.

„Das war in letzter Minute", lächelte Tore.

Lars hatte inzwischen Milo angerufen und ihn gebeten, den Lastenaufzug nach oben zu kurbeln. Dann holte er die Taschenlampe aus seiner Tasche und leuchtete den Mann an.

„Na sieh mal einer an", grinste Lars, „das ist doch schon wieder dieser Kerl, der immer hier rumschleicht."

„Wie ist der aber hier reingekommen?", fragte Tore.

„Keine Ahnung", antwortete Lars.

Plötzlich setzte sich der Lastenaufzug in Bewegung. Langsam hob er ab und zog die Plattform mitsamt dem Mann nach oben. Als der Lastenaufzug weit genug oben war, rief Lars laut »Stopp!«. Jetzt hing der Mann auf der Plattform mitten im Turm. Leicht baumelte der Aufzug hin und her. Da erhob sich der Mann, rieb sich den Hinterkopf und schaute nach unten. Es dauerte kurz, ehe er begriff, dann fing er an zu brüllen. Milo war inzwischen zu seinen Cousins gerannt und war leichenblass.

„Lasst mich sofort hier runter", schrie der Kerl und tobte.

Frau Behnert war inzwischen ebenfalls aufmerksam geworden und kam nach unten.

„Was ist denn hier los?", wollte sie sofort wissen, als sie die Jungen erreichte.

„Frau Behnert", tobte der Mann, „so helfen Sie mir doch."

Aufgeregt schickte Frau Behnert Lars nach oben, um den Mann wieder zu befreien. Kaum hatte der Kerl wieder festen Boden unter den Füßen, tobte er wie wild. Tore, Milo und Lars suchten hinter Frau Behnert Schutz.

„Was machen Sie hier?", wollte Frau Behnert wissen, „und vor allem, was macht ihr hier, Kinder? Kann mir mal bitte jemand erklären, was hier los ist?"

Der Mann erklärte, dass er die Türe abschließen wollte, nachdem ihn die Türmerin angerufen hatte. Er habe jedoch Geräusche gehört und sei in den Turm gegangen. Da habe er den Jungen an der Wand bemerkt. Als die Türmerin Lars anschaut, erzählt dieser von der Schriftrolle und dem Stein. Er versichert, alles nur für Peter getan zu haben.

„Und dieser Stein", erklärte Lars weiter, „ist ein Saphir. Mit seinem Wert können wir die Operation für Peter bezahlen."

Die Türmerin betrachtete den Stein und lächelte verständnisvoll.

„Du würdest wohl alles machen für Peter, nicht wahr?", meinte die Türmerin.

„Alles!", nickte Lars.

Doch dann geschah etwas, womit niemand gerechnet hatte. Der junge Mann zog eine Pistole aus der Hose und richtete sie auf die Jungen und Frau Behnert.

„Her mit dem Stein", befahl er, „und zwar sofort."

„Erich", erschrak Frau Behnert, „so kommen sie doch zur Vernunft. Was um Himmels Willen ist in Sie gefahren?"

„Der Saphir", erklärte der Mann, „er gehört mir."

„Wie kommen Sie darauf?", wollte die Türmerin wissen.

„Adalbert Teschner ist mein Vorfahre gewesen", erläuterte Erich, „in unserer Familie ist schon lange bekannt, dass Adalbert hier einen Schatz versteckt hat. Der Saphir gehört mir. Her damit!"

Der Mann riss Lars den Saphir aus der Hand und steckte ihn sofort in seine Hosentasche.

„Und die anderen auch", brüllte er dann energisch.

„Bitte?", wunderte sich Frau Behnert.

„Die Jungen haben garantiert noch mehr gefunden", war sich der Kerl sicher, „dort, in dem Loch. Los, gebt sie her."

Lars konnte es nicht fassen. Er war so kurz vor dem Ziel und jetzt sollte alles aus sein? Selbst Frau Behnert versuchte dem Mann klarzumachen, dass es um das Leben eines Kindes ging und er das nicht zulassen dürfe. Doch der Mann war gnadenlos. Mit gierigem und zugleich wütendem Blick ging er auf Lars zu. Tore und Milo standen wortlos daneben, trauten sich nicht, irgendwas zu sagen. Widerwillig griff Lars in seine Tasche und zog das Säckchen heraus. Noch bevor es ganz aus seiner Tasche war, riss der Mann Lars das Säckchen aus der Hand, drehte sich um und rannte davon.

Lars sank zu Boden und schloss die Augen. Das war zu viel. So kurz vor dem Ziel war alles vorbei. Frau Behnert, Tore und Milo versuchten ihn zu trösten. Die Türmerin schlug sogar vor, die Polizei zu rufen. Doch Lars konnte sich nicht beruhigen. Die Verzweiflung war riesengroß.

„Lars, wir werden einen Weg finden", versuchte Tore seinen Cousin zu trösten, „du wirst sehen. Das war noch nicht das Ende."

Die Träne im Auge konnte sich Lars nicht verkneifen.

Unverhofft kommt oft

Als Lars in sein Zimmer kam, ließ er sich auf das Bett fallen und vergrub sein Gesicht im Kopfkissen. Tore und Milo setzten sich zu ihm ans Bett. Tante Thea und Onkel Albert brachten den Kindern etwas zu trinken.

„Lars, du hast alles getan", tröstete Tante Thea ihren Sohn, „du darfst dir keine Vorwürfe machen. Du hast wirklich alles gegeben."

„Jungs, das ist echt absolut klasse von euch gewesen", lobte Onkel Albert, „wer hätte gedacht, dass so etwas Wertvolles in dem tollen Turm versteckt ist."

„Aber was hat es uns gebracht?", schluchzte Lars und hob seinen Kopf.

„Dieser Erich ist ein so gemeiner Typ", fluchte Milo.

„Ein geldgieriger Kerl, mehr nicht", schimpfte auch Tore.

„Was hätte er schon verloren, wenn er Peters Leben gerettet hätte?", schluckte Lars.

„Wir werden es leider nicht ändern können", sagte Onkel Albert leise.

„Und ich werde mein Versprechen nicht einlösen können", meinte Lars.

„Dein Versprechen?", wunderte sich Onkel Albert.

„Ich habe Peter versprochen, ihm zu helfen", erklärte Lars, „jetzt kann ich ihm nicht mehr helfen."

„Du hast ihm mehr geholfen, als du in diesem Moment glaubst", versicherte Tante Thea, „Peter hat mit dir einen ganz tollen Freund, auf den er immer stolz sein kann."

In diesem Moment signalisierte die Hausklingel, dass jemand an der Rezeption angekommen war. Onkel Albert verließ das Zimmer seines Sohnes und eilte zur Eingangshalle. Dort erwarteten ihn zwei Polizisten in Uniform.

„Sie wünschen?", fragte Onkel Albert höflich.

„Wir sind auf der Suche nach den drei Jungen, die unerlaubt im blauen Turm unterwegs gewesen sind", erklärte der eine Polizist.

„Bitte?", rief Onkel Albert etwas aufgebracht, „was wollen Sie von den Kindern? Sie haben versucht, das Leben ihres Freundes zu retten. Das wird ja wohl noch erlaubt sein."

„Es tut uns Leid", antwortete der andere Polizist, „aber wir müssen die Jungen sprechen. Es liegt eine Anzeige von der Türmerin, Frau Behnert, vor."

„Sie machen Scherze", lachte Onkel Albert hämisch, „jetzt hören Sie mir einmal genau zu. Mein Junge hat nichts Anderes gemacht, als seinem besten Freund zu helfen. Meine Neffen haben ihm geholfen und sind einer wichtigen Sache auf der Spur gewesen. Ich finde, Sie sollten sich das einfach einmal bewusst machen, statt hier nur stur Ihre Pflicht zu erfüllen."

Onkel Albert spürte, wie sich das Blut in seinem Kopf anstaute und er richtig wütend wurde. Eine

Anzeige gegen Tore, Milo und Lars? Und das alles nur, weil sie Peter helfen wollten? Das konnte unmöglich ernst sein. Und ausgerechnet die Türmerin will sie angezeigt haben? Das würde ja wirklich das berühmte Fass zum Überlaufen bringen.

„Aber mein Herr", beruhigte der erste Polizist, „wir müssen die drei Jungen sprechen. Da wird leider kein Weg daran vorbeiführen. Wir tun wirklich nur unsere Pflicht. Und die Anzeige – Sie wissen ja, wir müssen das klären."

„Anzeige, Anzeige", regte sich Onkel Albert auf, „Herz wäre hier angebracht, meine Herren."

„Können wir jetzt die drei Jungen sprechen?", forderte der zweite Polizist energisch.

Widerwillig gab sich Onkel Albert geschlagen und führte die beiden Polizisten unter größtem Protest zum Zimmer seines Sohnes. Tante Thea erschrak, als zwei Polizisten in den Raum kamen. Tore, Milo und Lars sahen die beiden Beamten erstaunt an.

„Uns liegt eine Anzeige vor", begann der erste Polizist.

Bei dem Wort »Anzeige« rümpfte Onkel Albert unüberhörbar die Nase. Mit einer entsprechenden Handbewegung deutete der zweite Polizist an, dass Onkel Albert ruhig bleiben soll.

„Eine Anzeige?", erschrak Tante Thea.

„Eine Anzeige", bestätigte der erste Polizist, „Frau Behnert hat uns verständigt und die Anzeige erstattet."

„Frau Behnert?", wunderte sich Lars.

„Sie hat diese Situation nicht auf sich beruhen lassen wollen", erklärte der Polizist weiter.

„Und hat uns angezeigt?", fragte Lars völlig erstaunt.

„Bitte?", wunderte sich jetzt der Polizist, „nein! Euch doch nicht, um Himmels Willen. Diesen Erich hat sie angezeigt. Und hier, das sollen wir euch geben."

„Ach du liebes bisschen", schnaufte Onkel Albert tief durch, „und ich dachte schon, die Jungen…"

„…die Jungen?", lachte der zweite Polizist, „die haben genau das Richtige getan."

„Und was ist das in dem Umschlag?", wollte Lars wissen.

„Sieh nach!", forderte der Beamte.

Hastig öffnete Lars den Umschlag und zog ein gefaltetes Papier heraus. Tore und Milo betrachteten das Papier genau, als Lars es auseinanderfaltete.

„Das ist ein…", erschrak Milo.

„…ein Scheck…", ergänzte Tore.

„…ein Scheck über…", vollendete Lars, „…vierzigtausend Euro?"

„Was sagst du da?", wunderte sich Onkel Albert und riss Lars den Scheck aus der Hand.

„Das ist tatsächlich…", stotterte Herr Lehmann mit einem Blick auf das Papier.

„…die angemessene Belohnung für die drei Abenteurer", meinte der zweite Polizist.

„Frau Behnert hat uns gerufen und diesen Erich angezeigt", klärte der Polizist die ratlose Gesellschaft auf, „sie ist der Meinung gewesen, dass dieser Erich sich nicht einfach den Schatz schnappen kann. Zwar hat sich nun herausgestellt, dass er schon der rechtmäßige Erbe ist, aber…"

„…aber?", drängelte Onkel Albert.

„…ein Finderlohn ist auch bei einem solch ungewöhnlichen Fund angemessen. Die Frau hat die Anzeige nur unter der Bedingung zurückgenommen, dass ihr einen großen Anteil an dem Wert des Schatzes bekommt."

„Das ist jetzt alles nicht wahr, oder?", begann Lars langsam zu begreifen, „könnt ihr mich mal kneifen, dass ich nicht träume?"

„Siehst du?", lachte Tante Thea, „man soll die Hoffnung niemals aufgeben. Unverhofft kommt eben doch oft."

Lars sprang vom Bett auf und fiel seinen Eltern und danach Tore und Milo um den Hals. Er hüpfte im Zimmer umher und konnte gar nicht begreifen, was gerade geschah. So viel Geld! Das musste für Peters Operation reichen. Lars schüttelte den beiden Polizisten die Hand und tanzte ausgelassen durch das Zimmer.

„Sie müssen vielmals entschuldigen", sagte Onkel Albert zu den beiden Polizisten, „ich glaube, ich habe da vorhin etwas falsch verstanden. Die Aufregung, Sie verstehen?"

„Keine Sorge", lächelte der erste Polizist.

„Papa oder Mama", rief Lars, „könnt ihr mich sofort zu Peters Eltern fahren? Sofort? Bitte!"

„Aber natürlich", lachte Tante Thea.

„Tore, Milo", sagte Lars zu seinen Cousins, „ich bin so schnell es geht wieder zurück. Wartet hier auf mich."

„Was sollen wir sonst tun?", grinste Tore, „wir wünschen dir und Peter viel Glück."

Ob Lars das noch hörte? Schließlich war er bereits nach draußen gerannt. Tante Thea folgte ihm, Onkel Albert blieb mit Tore und Milo und den beiden Polizisten zurück.

Tante Thea fuhr Lars, der es kaum noch aushalten konnte, nach Bad Wimpfen. Dort sprang Lars aus dem Auto, klingelte bei Peters Eltern und trippelte ungeduldig vor der Tür herum. Dann endlich machte Peters Mutter auf.

„Ich muss Ihnen unbedingt etwas geben", schrie Lars völlig aufgelöst.

„Was ist denn los?", wunderte sich Peters Mutter, „was ist passiert? Komm erst einmal herein."

Peters Mutter führte Lars ins Wohnzimmer, wo Peters Vater bereits überrascht wartete.

„Nichts ist passiert", rief Lars, „aber wir können Peter retten. Hier!"

Lars überreichte Peters Eltern den Scheck. Diese waren noch völlig überrumpelt von der Situation. Tante Thea hatte inzwischen ebenfalls das Haus erreicht und kam ins Wohnzimmer.

„Was ist das?", fragte Peters Mutter überrascht.

„Das ist Peters Rettung", freute sich Lars, „Sie müssen sofort im Krankenhaus anrufen. Die Operation. Sie werden die Operation in Amerika bezahlen können."

„Was redest du da?", fragte Peters Vater.

„Lars hat Recht", stimmte Tante Thea zu.

Peters Mutter öffnete den Umschlag und zog den Scheck heraus. Unter den neugierigen Augen ihres Mannes faltete sie das Papier auseinander und stieß einen lauten Seufzer aus. In dem Moment, als sie begriff, schrie sie laut. Dann fiel sie nacheinander ihrem Mann, Tante Thea und zuletzt Lars um den Hals.

„Ich kann es nicht glauben", schluchzte Peters Mutter und rieb sich die Augen, „woher habt ihr das Geld?"

„Das ist eine lange Geschichte", grinste Lars, „aber die erzähle ich Ihnen später. Wir müssen Peter die tolle Nachricht überbringen. Jetzt sofort!"

Peters Eltern waren fassungslos. Beide konnten nicht begreifen, was da gerade geschah. Minutenlang starrten sie den Scheck an und schüttelten nachdenklich den Kopf.

„Wir werden sofort ins Krankenhaus fahren und alles Notwendige veranlassen", rief Peters Vater, „und dann werden wir zu euch kommen und berichten. Ich kann es nicht fassen. Lars, Frau Lehmann, ich bin völlig fertig. Das ist ein Wunder."

„Ein Wunder", lächelte Lars, „das Wunder vom blauen Turm."

„Wie? Was meinst du?", fragte Peters Mutter, „ach egal, wir fahren los. Wir dürfen keine Zeit verlieren."

Tante Thea und Lars verließen gemeinsam mit Peters Eltern das Haus. Während sich Lars und seine Mutter wieder auf den Nachhauseweg machten, fuhren Peters Eltern in die Klinik. Schon auf der Rückfahrt drückte Lars beide Daumen, dass alles gut werde.

Es dauerte eine ganze Weile, ehe Peters Eltern auf Schloss Neuburg auftauchten. Tore, Milo und ganz besonders Lars konnten die Warterei kaum ertragen. Dann endlich hörten sie im Hof Kieselsteine knistern. Sofort rannten sie nach draußen. Peters Eltern waren endlich da. Beide stiegen aus und ließen sich von den Kindern in die Küche bringen. Dort warteten Tante Thea und Onkel Albert bereits auf sie.

„Setzten Sie sich", bot Onkel Albert an, „und dann erzählen Sie. Wir sind schon total gespannt."

„Wird Peter wieder ganz gesund?", platzte es aus Lars heraus.

Peters Mutter sah ihren Mann zuerst ernst an, dann nickten sich beide leicht zu und begannen zu lächeln.

„Die Chancen stehen sehr, sehr gut", erzählte Peters Mutter, „bevor ich es vergesse, ich soll euch ganz, ganz herzlich von Peter grüßen. Er sagt schon heute Danke und vor allem dir, Lars, danke dafür, dass du dein Versprechen gehalten hast."

„Das ist doch Ehrensache", meinte Lars, „aber wie geht es jetzt weiter?"

„Wir haben sehr lange mit den Ärzten gesprochen", erzählte Peters Vater, „sie haben uns große Hoffnung gemacht. Wenn Peter in den nächsten Tagen operiert werden kann, hat er sehr gute Chancen, dass er wieder völlig gesund wird. Aber wenn..."

„Ja?", fragte Lars aufgeregt.

„Aber wenn dieser Scheck nicht rechtzeitig gekommen wäre", ergänzte Peters Mutter, „dann hätte es für Peter sehr schlecht ausgesehen. Mein Mann und ich – und natürlich auch Peter – können gar nicht sagen, wie dankbar wir euch sind."

„Ihr habt sozusagen Peter das Leben gerettet", sagte Peters Vater stolz, „und das fast in letzter Minute."

„Aber wie geht es jetzt weiter?", wollte Lars wissen.

„Bereits morgen Früh werden die Ärzte alles vorbereiten für den Flug nach Amerika. In der Klinik wollen sie noch heute Bescheid geben", erklärte Peters Vater, „wenn alles klappt, kann Peter schon übermorgen operiert werden. Er wird dann zwar ein paar Tage, vielleicht sogar ein paar Wochen in Amerika bleiben müssen, aber spätestens wenn er wieder transportfähig ist, kommt er wieder nach Hause. Und Peter wird kämpfen, damit er bald nach Hause kann."

„Das kann ich schon heute gar nicht abwarten", lächelte Lars.

„Das wirst du müssen, mein Junge", meinte Onkel Albert.

„Aber das sind doch schon hervorragende Nachrichten", freute sich Tante Thea.

„Auf jeden Fall", nickte Peters Mutter, „aber zu früh sollten wir uns nicht freuen. Die Operation ist nicht einfach und deshalb sollten wir weiterhin ganz fest die Daumen drücken."

„Wir sind aber sicher, dass alles gut ausgehen wird", sagte Peters Vater.

„Das muss es", lachte Tore, „immerhin möchten wir Peter kennen lernen."

„Und das möglichst bald", fügte Milo schnell hinzu.

„Ihr werdet sehen, dass Peter sehr bald wieder gesund ist und sich höchstpersönlich bei euch bedanken will", wusste Peters Vater, „Peter ist ein tapferer Junge und ein großer Kämpfer. Der ist schneller wieder auf den Beinen als man denkt."

„Das wünschen wir ihm von ganzem Herzen", meinte Tante Thea.

„Von ganzem Herzen", ergänzte Onkel Albert.

„Jetzt müssen wir aber nach Hause", rief Peters Vater mit einem Blick auf die Uhr, „es war ein aufregender Tag und morgen wird es mit Sicherheit nicht weniger aufregend."

Peters Eltern verabschiedeten sich von Tore, Milo und Lars und bedankten sich noch einmal überschwänglich. Tante Thea und Onkel Albert begleiteten die beiden nach draußen.

„Jetzt heißt es ganz fest Daumen drücken", forderte Milo.

„Hoffentlich sind wir noch hier, wenn Peter zurückkommt", überlegte Tore.

„Das lässt sich bestimmt einrichten", wusste Lars, „die Ferien dauern ja noch eine Ewigkeit."

„Dann werden wir sie jetzt genießen, so gut es eben geht", sagte Tore.

„Eine gute Idee", stimmte Milo zu.

„Und morgen werden wir uns zuerst bei Frau Behnert bedanken", bestimmte Lars, „ohne ihre Anzeige hätten wir den Finderlohn gar nicht erhalten. Wenn wir so viel Geld bekommen, dann möchte ich gar nicht wissen, was die Saphire wirklich wert sind."

„So wie ich die Türmerin erlebt habe", überlegte Tore, „hat sie da bestimmt ganz ordentlich an der Belohnung mitgemischt."

„Es war ja auch für einen guten Zweck", grinste Lars, „und deshalb müssen wir morgen zu ihr. Und jetzt, jetzt schreiben wir Peter eine Nachricht und wünschen ihm für die Operation alles Gute."

„Tolle Idee", lobte Milo.

„Schreib dazu, dass wir uns tierisch auf ihn freuen", forderte Tore.

Ende gut, alles gut

Peters Vater hatte Recht behalten. Sein Sohn kämpfte und war sehr tapfer. Bereits zwei Wochen nach der Operation war er so weit transportfähig, dass ihn die Ärzte zurück nach Hause fliegen lassen konnten. Die Operation war sehr gut verlaufen und Peter konnte wieder auf ein völlig gesundes Leben hoffen. Seine Eltern hatten Tore, Milo und Lars fast täglich über Peters Zustand informiert. Am schlimmsten war jedoch die Zeit während der Operation selbst. Lars schaute im Sekundentakt auf sein Handy, ob endlich eine Nachricht ankam. Tore und Milo versuchten ihren Cousin abzulenken und zu beruhigen, was allerdings nicht einfach war. Als endlich die erlösende Nachricht kam, stieß Lars einen lauten Schrei aus. Bereits nach einer Woche hatte ihm Peter selbst geschrieben und zum Ausdruck gebracht, dass er sich wahnsinnig auf Tore, Milo und Lars freute. Es war der schönste Moment für Lars, dass sein bester Freund wieder mit ihm schreiben konnte.

Und dann kam endlich der große Tag. Peter kam nach Hause. Zwei Tage bevor Tore und Milo nach Hamburg zurückfahren mussten, landete der Flieger aus Amerika. Extra für Peter wurde eine Maschine bereitgestellt. In dem Flugzeug war er bestens versorgt und eine ganze Mannschaft an Ärzten begleitete ihn. Vom Flughafen aus wurde Peter direkt in die heimatliche Klinik verlegt. Dort musste er noch betreut werden, aber endlich konnten Tore, Milo und Lars den Jungen besuchen.

Unruhig lief Lars im Zimmer umher, als der große Moment in greifbarer Nähe war. Tore und Milo mussten schon fast lachen, wenn sie Lars beobachteten.

„Du hast echt Hummeln im Hintern", lachte Tore.

„Wann geht es denn endlich los?", drängelte Lars und blickte wieder auf seine Uhr.

„Onkel Albert müsste jeden Moment aus Mosbach zurück sein", erklärte Milo, „er hat extra gesagt, dass er sich beeilt."

In diesem Moment hörten die drei die Autohupe und Lars spritzte in Richtung Zimmertür. Tore und Milo sahen sich grinsend an und folgten ihm schleunigst. Onkel Albert hatte den Wagen bereits gewendet. Tante Thea stieß an der Rezeption auf Lars und beide sausten zum Auto. Tore und Milo saßen nur wenige Sekunden später ebenfalls im Wagen und die Fahrt konnte losgehen.

Bald erreichten sie die Klinik, in der Peter betreut wurde. Peters Eltern hatten Lars eine Nachricht geschickt, auf welchem Zimmer sie Peter finden konnten. Dann war es soweit. Lars stand aufgeregt vor dem Krankenzimmer seines Freundes und klopfte mit zittrigen Händen an der Tür. Ein leises »Herein!« schallte ihm entgegen und Lars öffnete langsam die Tür. Lars sah in das Zimmer und schon lächelte ihm Peter aus dem Bett entgegen. Er hatte einen dicken Verband am

Kopf und war noch an mehreren Geräten angeschlossen. Nach wie vor mussten einige Werte ständig überprüft werden, erklärten später Peters Eltern.

„Peter", rief Lars und sauste zu Peter ans Bett.

„Lars, endlich bist du da", freute sich Peter und reichte seinem Freund die Hand.

Peters Eltern begrüßten inzwischen Tore und Milo und die Eltern von Lars.

„Wir haben alle ganz fest die Daumen gedrückt", erklärte Lars.

„Und offensichtlich hat es etwas gebracht", freute sich Peter, „sind das deine Cousins?"

„Ja", nickte Lars, „das sind Tore und Milo. Ohne sie hätte ich den Schatz niemals gefunden."

„Jetzt übertreibe nicht, Lars", winkte Tore ab und gab Peter die Hand.

Milo kam ebenfalls zu Peter ans Bett und begrüßte ihn freundlich.

„Die Ärzte meinen, dass Peter schon bald nach Hause darf", sagte Peters Vater, „er hat tapfer gekämpft."

„Ich wollte wieder nach Hause", schimpfte Peter, „es war so langweilig ganz alleine in Amerika."

„Aber deine Eltern sind doch immer in deiner Nähe gewesen und haben dich betreut", fiel Milo ein.

„Naja", seufzte Peter mit einem verschmitzten Grinsen, „als Animateure sind die aber weniger geeignet."

Lars freute sich, dass Peter wieder ganz der Alte war. Er konnte wieder lachen, Witze reißen und einfach gut drauf sein.

„Wirst du denn wieder ganz gesund?", wollte Lars wissen.

„Darauf kannst du einen lassen", nickte Peter.

„Peter!", schimpfte seine Mutter, „was sind das für Sprüche?"

„Die Sprüche von unserem Sohn", lachte Peters Vater, „der vielleicht schon wieder viel zu gesund ist, oder?"

Peter lächelte und sah seinen Vater an.

„Wir sind so froh, dass alles wieder in Ordnung ist", sagte Tante Thea, „die Jungs haben uns die letzten Wochen echt zur Hölle gemacht."

„Kaum auszuhalten", wusste Onkel Albert und grinste, „aber es hat sich gelohnt."

„Ach ja", sagte Peter, „Lars, ich muss mich noch einmal bei dir bedanken. Du hast dein Versprechen nicht vergessen und es eingehalten."

„Aber das ist doch Ehrensache", winkte Lars ab, „oder meinst du im Ernst, ich lasse meinen besten Freund im Stich? Niemals!"

In diesem Augenblick klopfte es an der Tür. Gespannt warteten alle darauf, wer zu Besuch kam. Da Peter ein Zimmer ganz für sich alleine hatte, konnte es nur jemand sein, der Peter besuchen wollte.

„Herein!", rief Peter.

Die Türe öffnete sich und ein Kopf schob sich langsam durch den Türspalt.

„Bin ich hier richtig?", fragte eine Frauenstimme.

„Frau Behnert", rief Peter freudig, „was machen Sie denn hier?"

Die Türmerin kam zu Peters Bett und wurde von allen sehr nett begrüßt.

„Woher wissen Sie?", wollte Peter wissen.

„Tore, Milo und dein Freund Lars haben mich immer genauestens informiert", berichtete Frau Behnert, „und heute habe ich gedacht, möchte ich gerne den Jungen besuchen, der mich oben auf dem Turm schon so oft besucht hat."

„Das ist wirklich sehr nett von Ihnen", lobte Peters Mutter.

„Peter darf auch schon bald wieder nach Hause", erzählte Milo.

„Das freut mich sehr", sagte die Türmerin, „und dann kommt ihr mich aber alle besuchen. Habt ihr gehört?"

„Das machen wir bestimmt", versprach Lars.

„Leider müssen Milo und ich schon übermorgen nach Hause fahren", fiel Tore ein.

„Und du glaubst, dass das etwas ausmacht?", winkte die Türmerin ab, „dann kommt ihr eben morgen zunächst einmal ohne Peter und wenn Peter wieder ganz gesund ist, kommt ihr einfach noch mal."

„Das ist eine gute Idee", freute sich Milo.

„Sie dürfen selbstverständlich alle gerne mitkommen", lud Frau Behnert die Anwesenden ein, „dann feiern wir ein großen Fest."

„Das ist wirklich sehr nett von Ihnen", bedankte sich Peters Vater, „wir werden alle sehr gerne kommen."

„Dann kommen Sie morgen Mittag alle zu mir und wir feiern ein schönes Fest", schlug Frau Behnert vor.

„Dieses Fest feiern wir morgen noch ohne Peter", sagte Lars, „aber beim nächsten Fest ist er wieder dabei."

„Kann ich nicht morgen schon mit?", bettelte Peter, „die Ärzte haben doch gesagt, dass ich wieder ganz gesund bin."

„Nein, mein Junge", bremste Peters Vater, „das ist leider noch zu gefährlich. Du bist zwar so gut wie gesund, aber um jedes Risiko auszuschließen, musst du noch ein bisschen zur Beobachtung bleiben. Da gehen wir wirklich absolut kein Risiko ein."

„Da bin ich aber auch dafür, Peter", meinte die Türmerin, „kein Risiko eingehen! Mitkommen kannst du zwar nicht, aber ein Stück Kuchen wirst du sicher abbekommen."

„Und wie nennen wir das Fest dann?", wollte Milo wissen.

„Das ist eine gute Frage", lobte Tore.

„Naja, sagen wir so", kombinierte Lars, „dass wir das überhaupt alles geschafft haben und Peter wieder ganz gesund ist, grenzt an ein Wunder. Und dass wir im blauen Turm sozusagen die Lösung für Peter gefunden haben, ist ja auch richtig."

„Dann feiern wir doch einfach das Wunder vom blauen Turm", überlegte Milo.

„Genau, das machen wir", lachte Frau Behnert und alle lachten mit.

*Aus der Reihe „Tore, Milo & Lars"
sind bisher erschienen:*

O   *Geheime Wege auf Schloss Neuburg*

O   *Neue Abenteuer auf Burg Guttenberg*

O   *Operation Goldfisch*

O   *Alarm auf Burg Hornberg*

O   *Der Schatz der Minneburg*

O   *Eberstadter Tropfsteine in Gefahr*

O   *Das Geheimnis am Katzenbuckel*

O   *Abenteuer Margarethenschlucht*

O   *Gespenster auf Burg Ehrenberg*

O   *Das Wunder vom Blauen Turm*

Außerdem das Weihnachtsabenteuer:

O   *Wilde Weihnacht auf Schloss Neuburg*

Mehr zu Tore, Milo & Lars
im Internet
www.tore-milo-lars.de

Marco Banholzer

Die Allgäu Agenten

Seit Sommer 2013 erleben Johannes, Maximilian, Marie, Luise und Luis als Allgäu-Agenten ihre spannenden Abenteuer.

Band I:
„Tatort: Alpe Gschwenderberg"

Band II:
„Tatort: Sturmannshöhle"

Mehr zu den Allgäu-Agenten
im Internet
www.allgäu-agenten.de

Marco Banholzer
„Niklas Nielsen und das Geheimnis im Wattenmeer"

Mitten in der Nacht kommt Familie Nielsen in der Ferienwohnung in Uphusum an. Dort überraschen sie einen Einbrecher, der unerkannt fliehen kann. Niklas Nielsen verdächtigt den Nachbarn, der sich sonderbar verhält. Maria glaubt nicht, dass der Nachbar ein Einbrecher ist und widmet sich lieber einem Fall von Seehundsterben im Wattenmeer. Niklas Nielsen hilft ihr, den Fall um das rätselhafte Seehundsterben zu lösen und stößt dabei auf ein Geheimnis, mit dem auch Maria niemals gerechnet hätte...

Books on Demand, Norderstedt
ISBN: 978-3842341319